대한창작문예대학 졸업 작품집

가자 詩 심으러

시음사
시사랑음악사랑

대한창작문예대학 지도 교수 명단

김락호 지도 교수
-(사)창작문학예술인협의회 이사장
-대한창작문예대학 설립자
-시인, 소설가, 수필가, 평론가

성낙원 학장
-대한창작문예대학 학장
-한국청소년영상예술진흥원장
-대한민국청소년영화제 집행위원장

문철호 지도 교수
-대한창작문예대학 시창작과 교수
-시인
-문학 박사

박영애 지도 교수
-(사)창작문학예술인협의회 부이사장
-대한창작문예대학 시창작과 교수
-대한시낭송가협회 회장
-시인, 시낭송가, MC

김혜정 지도 교수
-(사)창작문학예술인협의회 부이사장
-대한창작문예대학 시창작과 교수
-시인, 시낭송가

창작은 도전과 아는 만큼 작품이 된다.

창작은 바다이다.
창작은 목적지가 정해지지 않은 항해이거나, 동력도 없이 바람에 이리저리 흔들리는 돛단배이거나, 형상이 없어 보이지도 않는 바람처럼 어딘가로 가다 갑자기 사라지거나 그도 아니면 태풍의 눈처럼 미지일지도 모른다.

창작물을 값으로 환산하면 얼마일까?
시인이나 작가가 집필할 때 미리 가치를 정하고 쓰지는 않을 것이다. 아니다. 작가는 자신이 쓰는 작품이 이 세상의 최고라는 자부심을 가지고 쓸 것이다. 두 유형 중에 정답은 없을 것이다. 왜냐하면 창작에는 정답이 없기 때문이다. 하지만 시를 쓰든 수필이나 소설을 쓰든 기본적인 상식이나 "한글 맞춤법 표준어 규정" 정도는 알고 집필하는 것을 권고하고 싶다.

시인이 등단이라는 관문을 통과하고 나면 자신이 시를 아주 잘 써서 등단한 것으로 착각한다. 아마추어로서 글을 쓸 때와 이름 앞에 시인이라는 명사(名詞)를 붙였다면 그만큼의 책임감과 의무감에 창작품을 발표하여야 한다. 그러기 위해서는 등단 이후에 자만심을 버리고 詩 창작에 대한 기본을 공부하고 기초적인 것 정도라도 국문학을 배우고 나서 창작을 해야 할 것이다.

대한문인협회가 후원하는 "대한창작문예대학"에서 교육과정을 공부했다고 해서 완전하지는 않을 것이다. 지금까지 교수들로부터 얻은 상식과 지식을 자신의 것으로 만드는 노력을 얼마나 하는가에 따라 그 시인의 작품은 어느 시대, 어느 때에 명작으로 남을 기회를 가질 수 있을 것이다.

(사)창작문학예술인협의회
이사장 김락호

▶김락호 지도 교수 강의 (2강의실)

▶문철호 지도 교수 강의 (2강의실)

QR 코드　스마트폰으로 QR 코드를 스캔하면 시낭송을 감상할 수 있습니다.

 제목 : 나무 된 소년
시 : 가혜자
시낭송 : 김혜정

 제목 : 뿌리 깊은 나무
시 : 권경희
시낭송 : 김락호

 제목 : 눈물 젖은 막걸리
시 : 김강좌
시낭송 : 박영애

 제목 : 시인이 된 들꽃
시 : 김순태
시낭송 : 박영애

▶박영애 지도 교수 강의 (2강의실)

▶김혜정 지도 교수 강의 (2강의실)

제목 : 바랭이 풀꽃
시 : 김재진
시낭송 : 김혜정

제목 : 가우도(駕牛島)에서 멍에를 벗고
시 : 김정호
시낭송 : 박남숙

제목 : 내 마음속 자전거
시 : 박남숙
시낭송 : 박영애

제목 : 젊은 날의 소회
시 : 박상철
시낭송 : 박남숙

제목 : 미지
시 : 손해진
시낭송 : 김락호

제목 : 사계의 추억
시 : 안영준
시낭송 : 박영애

▶ 창작문예지도자
자격증 시험 1시험장

▶ 창작문예지도자
자격증 시험 2시험장

▶ 대한창작문예대학 제9기 2강의실 기념사진

QR 코드   스마트폰으로 QR 코드를 스캔하면 시낭송을 감상할 수 있습니다.

제목 : 측은지심(惻隱之心) 2
시 : 이경애
시낭송 : 김혜정

제목 : 짧은 만남 긴 여운
시 : 이동백
시낭송 : 김혜정

제목 : 별 그리고 내 사랑
시 : 이명희
시낭송 : 박영애

제목 : 아름다움에 대하여
시 : 이순예
시낭송 : 김락호

▶졸업 작품 경연대회 (야외수업)

▶졸업 작품 경연대회 (야외수업)

 제목 : 연민
시 : 이은주
시낭송 : 김락호

 제목 : 비밀, 문을 연다
시 : 임수현
시낭송 : 박영애

 제목 : 아버지의 손목시계
시 : 주선옥
시낭송 : 김락호

 제목 : 화려한 외출
시 : 이의자
시낭송 : 박영애

 제목 : 뒤따르는 길
시 : 장동수
시낭송 : 김락호

* 목차 *

시인
가혜자

꿈꾸는 가로수 외 9편

이순 앞에 선 내 삶의 여백에는
청아한 소리 머금은 백자처럼
순백의 사랑으로 시의 꽃을
아름답게 피우고 싶습니다.

詩, 내 영혼의 울림 중에서

꿈꾸는 가로수 / 가혜자

자동차, 오토바이 방귀 소리에 꿈쩍 않고
도시 가로에 꿋꿋하게 서서
어떤 생각을 하고 있을까?

희뿌연 먼지와 매연에 시달려
저마다 마스크를 하고 다니는 사람들 속에
아무것도 아닌 듯 반갑게 미소 짓고 있다

시끄러운 소리에 짜증도 나고
온종일 먼지를 뒤집어써 자기 옷 색깔을 잃어버려도
자기만의 방법으로 행복하게 살아가는 가로수

누가 알아주지 않아도
그늘을 만들어 주기도 하고
호흡할 수 있는 산소를 만들어주고
자신을 내어주며 쉼의 공간을 만들어 주는 가로수

그래도 가끔은 꿈을 꾸겠지
숲으로 가고 싶거나
좀 더 깨끗한 환경 속에서 살았으면 좋겠다는 마음

그런데도 힘차게 살아가는 가로수가 내 옆에 있어
각박한 현실 속에 지친 내 삶의 위로가 되고
새로운 내일을 꿈꿀 수 있게 한다

나무 된 소년 / 가혜자

하늘이 고운 날은
그 바다로 간다
요이, 땅!
힘찬 구령 소리에 갯벌로 내달리면
반짝반짝 빨간 입 놓게 사라지던 그 바다로

바다가 그리운 날은
그 하늘을 본다
요이, 땅!
힘찬 구령 소리에 하얀 낮달 쪽배 타고
오대양 육대주 끝까지 노 저어 간다

조막손 꼭 잡고 바다에서 같이 놀던 그 소년은
무척이나 좋아했던 꽃나무 과실나무 심어 놓으시고
팔봉산 병풍 두른 곳 창뺄 과수원에 깡마른 나무 되어
어머니와 나란히 누워서
지금도 다정하게 말씀하시는 듯하다

"예쁜 아이야
봄비 내린 대지에 꽃망울 눈뜨면
하얀 종이 위에 시를 써 놓으련
꽃지고 콩알만 하던 사과 볼살 오르면
시 써놓은 종이 접어
고깔모자 만들어 씌워주련"

제목 : 나무 된 소년
시낭송 : 김혜정

스마트폰으로 QR 코드를 스캔하면
시낭송을 감상할 수 있습니다.

11

축복! 봄비로 내리다 / 가혜자

잠들었던 대지를 깨워
어진어진 내리는 비

보르르 눈뜨면
다솜다솜 내리는 비

새 생명 축복의 소리
도담도담 내리는 비

생명수로 떨어져서
꽃을 피우고 열매 맺고픈
축복의 눈물

*다솜 : 애틋한 사랑, 도담 : 건강하게 자라라

노을 진 강가에 서서 / 가혜자

꽃 피고 새가 울던 봄날은
바람 부는 대로 두둥실 떠가는
구름처럼 덧없이 흘러갔습니다.

이제 돌아갈 수 없는 미안함을
날개 단 천사의 합창 소리에 담아
하늘에 계신 부모님께 전합니다.

해가 서산마루에서 아쉬워할 때
나는 어느새 노을이 지는 강변에서
윤슬처럼 반짝이는 소녀가 되었습니다.

풀꽃의 몸짓에도 볼우물에 빠지고
노을 진 강가에 서서 두 손 모으고
하늘에 작은 기도문을 읊조립니다.

강남 약국집 사람들 / 가혜자

남산골 가난한 마을에
배꼽시계 울어대도
왕바위네 사람들 마음만은 부자였죠.

돌고 도는 시계 같은 삶
하얀 가운 입은 약사님
형제 자식 앞에서 셈을 하지 않았죠.

낮엔 해를 밤엔 달을 시계 삼아
종일 얼굴만 보고도 배시시 웃는
바보들만 모여 사는 집

지금은 깡마른 작은 아기 나무
고장 난 시계 속에 멈춘 채
"에미야, 손잡고 집에 가자." 시면

"예! 예! 약국 문 열어야죠." 대답한다.

그 섬 / 가혜자

시각 청각의 욕심까지 다 버려도
본디 대한민국 땅 독도입니다.
아!
파도치는 내 심장은 어찌합니까?

바보상자 / 가혜자

순간이 모여 추억이 됩니다.
지금, 이 순간을 즐기세요.

고민하지 말고
꽃처럼 웃으세요.

내 가슴에는
반짝이는 별들로 가득합니다.

여러분, 활짝 웃고 여기 보세요.
찰칵, 제 마음의 별을 나눠드렸습니다.

오늘을 영원한 추억으로 드리는
제 별명은 바보상자랍니다.

詩, 집을 짓고 싶다 / 가혜자

토닥 토닥
바다가 보이는 곳 숲 가까이
벌 나비 윙윙대는 곳에
튼실히 기초 닦아 짓고 싶다.

詩 집으로 들어가면
갈피마다 제목 밑으로
시어들이 초롱하고
감동은 밤새 이슬로 내리겠다.

내 이름 석 자 문패 달고
꽃 같은 독자 기다리는 마음은 초연히
역사에 남는 반짝이는 詩 하나
남기고 싶다.

예쁜 아이들이 부르는 곳 어디든지
詩 써놓은 종이 접어 고깔모자 쓰고서
낭송해 주고 싶다.

소중한 사람아 / 가혜자

억겁의 세월 강을 건너
하얀 박꽃 닮은 수줍음으로
우리의 인연은 시작되었지요

광야 길에서 전기에 감전되어
죽음의 골짜기를 지날 때
그대보다 나를 더 아껴주고
위로해 주던 소중한 사람아

어느새 지천명을 지나
이순길에 들어선 우리
부모님은 천국에 오르고
자식들은 새 둥지 찾아 떠났으니
남은 생은 사랑만이 가득하리라

뚜벅뚜벅 걷는 걸음에
함박웃음꽃 곱게 놓아
서녘 하늘에 핀 노을길 따라
다정한 동행이 되어요

내 영혼의 울림 / 가혜자

저 곧고 푸른 대나무를 보아요!
대통 속처럼 비우며 살아가자 다짐하지만
어느새 욕심으로 가득 찬 마음은
기도의 문을 두드리면서
잎새 끝에 대롱대롱 매달린
내 영혼의 맑음을 봅니다

저 달빛처럼 은은한 백자를 보아요!
백토로 빚어낸 도자기처럼
투명한 내 삶의 영혼은
그윽한 감성의 세계로 들어가
청아한 울림 속에
기쁨의 노래를 부릅니다

이순 앞에 선 내 삶의 여백에는
청아한 소리 머금은 백자처럼
순백의 사랑으로 시의 꽃을
아름답게 피우고 싶습니다

시인
권경희

창밖에 서서 외 9편

내 영혼이 가난해서
마음이 기쁘지 않은 날은
시를 읽습니다.

사계가 춤추는 숲에서
내 마음의 풍경이 걸리면
사랑이 올 때처럼 행복해집니다.

내 청춘 간이역에서
쓸쓸한 가슴으로 피우는 언어는
비 갠 하늘에서 피어나는 무지개처럼
다시 희망을 꿈꾸는 내 끝 사랑입니다.

창밖에 서서 / 권경희

겨울과 봄 사이의 길목은
팽팽한 긴장감에도 봄기운은 확연한데
언어의 빈곤함으로 마음이 가난한 나는
어두운 늪에 깊숙이 갇힌 채

좀처럼 햇살을 들여놓지 못하고
겨우내 거실벽에서
창밖만 바라보는 커튼이 되어
깊은 상념으로 기침 소리만 쿨럭였다

마른 나목들은 차디찬 동토에서
제 몸을 투신해 봄을 피우는데
하릴없는 생각으로 뒤척이는 밤
새벽은 나를 허물고 동살을 낳는다

모처럼 창을 열어 햇살을 들여놓으니
봄바람은 창을 넘어 말을 건네지만
여전히 어두운 창밖에 홀로 선 듯
침묵으로 한없이 작아지는 나
얼마나 더 고뇌해야 봄을 맞이할 수 있을까

설련화의 기별 / 권경희

봄바람이 주춤대다
마중물처럼 눈꽃을 피우면
후레지아 꽃잎같이
단내나는 가슴에 짙게 밴 그리움
그 작은 심장은 차디찬 설원을 녹인다

사랑을 찾아가다 꺾인 절망에서
희망의 빛을 놓지 않아
달님의 달보드레한 기도와
소금별의 짭조름한 눈물로
밤하늘의 별을 다시 품은 설련화

훈훈한 햇살이 한 뼘씩 길어져도
좀처럼 닿지 못하는 봄은 냉랭한데
금빛 가루 솔솔 뿌린 요정들이
자박자박 걸어 나와 두리번거리면

잎새 하나 세우지 못하는 동토에서
선잠 깨어나 배앓이를 하며
수백 번의 숨 고르기로 지핀
새봄을 놓고 간다는 그녀의 기별이다

뿌리 깊은 나무 / 권경희

뿌리 깊은 나무가 있었습니다
어릴 적 그 나무는 너무 높아
한 번도 오르지 못했습니다

평생을 강직하게 서 계신 당신은
너른 뜰에 자유롭게 풀어 놓았지만
기침 소리만 들어도 훈육 같아서
제게는 높고 높았습니다

종갓집 장손으로서의 중압감에
묵직한 바위를 가슴에 얹고 사시며
그 고단함이 절반은 눈물이셨을 것 같은 품으로
높은 벽은 허물어 주신 깊은 사랑
당신의 뜰이 그리운 날에는
어렴풋한 추억을 더듬어 뵙습니다

어느 사이
당신을 기억하는 세월에 서서 돌아보니
녹록지 않은 길을 돌아설 때마다
묵묵히 서 계신 아버지
먼 길을 가신지도 아득하지만
당신의 뜰에서 들려주신 심장 소리는
든든한 버팀목으로 깊은 물길이 되어 흐릅니다

제목 : 뿌리 깊은 나무
시낭송 : 김락호
스마트폰으로 QR 코드를 스캔하면
시낭송을 감상할 수 있습니다.

약동하는 봄 / 권경희

동토를 두드리는 봄바람에
꿈틀꿈틀 심장 뛰는 소리
각고의 산고 끝에 힘껏 차오르고

푸석한 땅을 적시는 봄비에
허기진 가지마다 스며들며
희열의 몸부림으로 순산하는 봄둥이
까슬한 솜털을 벗어 하얀 목덜미를 내민다

양지바른 텃밭에
따사로운 햇살이 벙글거리면
외씨버선 같은 초록 아가들이
한 무리씩 모여앉아 재잘거리고

속살거리는 아지랑이에
파르라니 물빛이 오르는 돌배나무
낡은 꽃살문을 부지런히 단장하며
봄바람이 쉬어갈 사립문을 열어놓는다

예고 없는 꽃샘추위에
그 작고 여린 새싹들은 바들바들 떨지만
솟구치는 기운으로 이내 뛰어오르며
온 누리에 푸르게 푸르게 약동하고 있다

쉰 즈음의 자화상 / 권경희

까마득히 멀어진 꿈들은
어느 길 위에서 놓쳤을까?
뒤안길 돌아보니
아득히 먼 길을 걸어왔다

하늘의 뜻을 깨우친다는 세월에도
나를 안다는 것은 여전히 어렵고
때때로 흔들리며 길을 잃어도
답이 없는 날에는 길을 나선다

마음이 다다르는 곳에 서면
연못 가득 은은한 향기를 품고
물 위로 떠 오르는 봉오리를 바라만 봐도
마음은 다시 고요하고 맑아진다

작고 연약한 잎이 무성히 자라
의연하게 꽃을 피우기까지
거친 비바람을 견뎌내듯이
그 많은 수고와 인고의 세월을 감내하며
긴 여정을 그려가는 것이 우리네 삶인 것을

진흙밭에 서서 청명한 하늘을 품어
덧칠 없이 피우는 맑고 곧은 품성을
쉰 즈음에 내 안에 들여놓고
비바람 부는 여정 나의 지평선이 되었다

동행 / 권경희

아주 오래전부터 미래로 흐르며
종착역을 알 수 없는 동행 길
서로의 분신처럼 친밀한 사이가 되어
내일을 꿈꾸며 멈춤 없이 달린다

뒤돌아보지 않는 새처럼
한결같은 보폭으로 달리는 발걸음은
경쾌한 리듬으로 늘 진행형이고
고요할수록 더 또렷해지는 울림으로
어둠을 깨우면 분주한 하루가 시작된다

딸아이의 재잘거림처럼
째깍째깍 쉴 새 없이 돌아가는 초침
말수 적은 아들의 언행같이
느릿느릿 제 갈 길을 가는 분침
굼뜬 남편의 느긋한 모습처럼
변함없이 정중동으로 돌아가는 시침

왁자지껄 한바탕 소동이 지나가도
또박또박 자아의 보폭을 찾아가는 벽시계
또렷한 운율이 다시 경쾌하게 흐르면
블랙커피 한 잔으로 숨 고르기를 하며
엄마의 분주한 하루가 시작된다

내 생의 봄날은 / 권경희

피사체를 향해
초점을 맞추는 거리는 늘 곧고
복잡하지도 난해하지도 않은 직선이다

낡고 오래된 애장품은
분신처럼 끼고 다니며
풋과일처럼 상큼했던 푸른 시절을
선명하게 담아준 추억앨범의 모체이고

눈부신 문명으로 거듭나는 세상은
우리네 생활 깊숙이 밀착되어
삶이 편리하고 풍성해졌지만
디지털의 모태로 남은 아날로그 시대는
감성을 안고 살던 시절의 고향 같은 그리움이다

어느 사이
젊음, 그 자체만으로 당당하던 모습은
초점 잃은 렌즈 너머 피사체처럼 흐릿해지고
푸르른 청춘을 생생하게 남겨준
아날로그 시절은 내 생의 최고의 봄날이었다

그곳에 가면 / 권경희

봄바람이 마른 뜰을 깨우면
굳게 닫힌 사립문이 풀리고
푸르름이 한껏 부풀어 오른다

달빛을 지신
당신의 기척이 배어 있는 뜨락에
별같이 떨어지는 감꽃에서
달짝지근한 젖 내음이 묻어나는 곳
흙바람 쉬어가는 툇마루에
엄마의 밥상 같은 햇살이 기다린다

뜨거운 햇살을 업어 일궈놓은 영토에서
텃밭에 핀 민들레 꽃같이 둘러앉아
그간 얘기들을 주섬주섬 풀어놓으며
가장 평온한 안식으로 쉬어가는 뜰

청매실이 익어가는 비탈밭에서
산새들이 뜻 모르게 지줄대면
뒤란에서 소소한 꽃을 피우는 나무들은
어쩌면 나보다 더
당신들의 흔적을 기억하는지 모른다

철로의 서(誓) / 권경희

어쩌다 푸른 별에 내려서
세상의 빛을 보고
사유의 물길에 마중물 되어
푸른 꿈을 안고 나란히 달렸다

봄날 같은 날은 잠시
어두운 터널을 지나 빛을 찾아가는 길
철로의 짓눌린 표피처럼
삶의 무게에 깊게 파인 상흔을 안고
같은 곳을 바라보며 달려야 했다

노을 지는 서녘의 간이역에서
잠시 숨을 고르며 돌아보니
에덴동산에서 추억 몇 조각 싣고
철로처럼 나란히 달려온 여정은
짙푸른 녹음을 지나 가을 들녘에 닿고 있다

저 푸른 숲인들 상처가 없겠는가
힘겨워서 더 은혜로운 동행
우리 나란히 달리지 않았다면
엄마 아빠라는 이름으로 축복의 꽃을 피울 수 있었을까
다시 평행선을 그으며 천천히 달려가자

내 마음의 풍경 / 권경희

작은 꽃씨 하나가
뿌리내려 꽃을 피우고
한 곳에서 풍경이 되기까지
바람이 지나가는 길이 있어 아름답다

여름으로 가는 초록의 뜰에서
하얀 꽃무리의 징검다리를 건너며
바람을 거슬러 오르는 시어들이
내 마음의 풍경에 걸리면

그림처럼 매혹적이지도
음악처럼 감미롭지도 않아도
비 갠 하늘에서 꿈꾸는 무지개처럼
가슴에서 촉촉하게 피어나는 기쁨 꽃이다

풍요 속에 마음의 빈곤으로
쓸쓸한 여백에 그리는 감성의 붓은
마음을 치유하는 숲이며
어머니 품 같은 내 끝 사랑이다

시인
김강좌

환희 외 9편

봄 햇살을 가만히 풀어 놓은
도심의 공원 모퉁이에
해마다 어디서 왔는지도 모를 냉이꽃이
일가를 이루며 바람 그네를 탄다

무심으로 보고 지나쳤던
하얀 꽃 주머니에서
온몸을 흔들어 찰랑찰랑 소리를 낸다

자연이 주는 소리 없는 기쁨
그것만으로도
행복해야 할 이유는 충분하다

환희 / 김강좌

겨우내 기다림으로 고요하던 들녘은
어느 사이 햇살을 끌어 모아
저 스스로 숨 가쁘게 깨어난다

바람은 여전히 차가운데
물오른 가지마다
새 생명의 잉태로 입덧을 시작하고
아미에 부서지던 빛살은
참았던 그리움을 왈칵 쏟아 붓는다

어느 봄날의 일기 / 김강좌

긴 잠에서 깨어난 개구리
발돋움도 힘차게
더 넓은 환경을 찾아 도시로 떠났다

낯선 곳에서 홀로서기 하느라
몸도 마음도 지쳐 가는데
장대비는 남의 속도 모르고
밤낮으로 빗물을 불린다

자연은 살던 곳으로
돌아가라고 등 떠밀고
나는 잃어버린 날들이 그리워
못내 서성거린다

좁은 공간이지만
빛과 어둠이 적절하게 드나드는 곳에서
하루를 사는 지극히 평범함이
가장 특별함이라는 걸 깨달았다

텅 빈 충만 / 김강좌

주인이 잠시 집을 비우고
보이지 않은 곳으로 외출을 하면
빈집은 그리움을 사르듯
부서지는 빛살에 시선을 멈추고
사색으로 침묵하는 공간을 채운다

바람이 지나는 곳에
나뭇잎은 제 몸 흔들어
스스로 길을 열어 주고
때가 되면 아낌없이 내어주는
텅 빈 충만에서 여유를 배운다

무시로 드나드는 물욕에서
마음이 자유로워 지면
마당에 들어선 햇살도
꽃잎 사이를 스치는 바람도
하루 치 행복으로 충분하다

인연 / 김강좌

긴 세월을 노모와 함께 보낸 낡은 집에
언제부터 인가
흙벽이 조금씩 허물어지고 있었다

노모는 해진 옷을 꿰매듯
묽게 반죽한 진흙을 덧바르시며
"너랑 나랑 같이 가자"고 주문을 외우셨다

햇살 좋은 어느 가을
앞마당 국화꽃이 활짝 필 무렵
고단한 삶을 내려놓고 먼 곳으로 여행을 떠나셨다

주인 잃고 금방 무너질 것 같던 낡은 집엔
길고양이들이 둥글둥글 일가를 이루며
"우리랑 같이 살자"고 주문을 외운다

여정 / 김강좌

찬바람이 무색하게
동백꽃 저 홀로 흐드러지더니
채 사르지 못한 속울음에 겨워
온몸으로 우르르 떨궈진다

꽃잎 떠난 빈자리엔
그리움만 휑하니 걸려있고
무시로 드난 살던 바람은
어느새 결 고운 봄을 부른다

나는 생각이 늙어버렸나
꽃피고 지는 걸 알아차리지도 못한 채
낯선 길모퉁이에 오도카니 서 있다

빠르게 변하는 시간 속에
흔적은 지워지고
오고 감이 자유로운 계절은
해마다 처음인 양
온 산에 마주 보고 수줍게 꽃물 적신다

세상과 소통하다 / 김강좌

누군가 그리울 땐
오래된 낡은 렌즈를 닦고 닦아
미로 같은 세상 속으로 들어간다

고요한 흐름에 숨을 멈추고
침묵하는 사물과 마주한 순간
둥글게 곡선을 그리며
새로운 몸짓으로 인화되는 풍경은
짜릿한 전율이다

사실이 아닌 것에 사실 인양 각인 되어
진실을 외면할 때
본질이 변질하지 않도록 시선을 맞추며
소통할 수 있다는 것만으로도 충분하다

빠르게 변하는 현실은
가끔 기억에서 잊어버린 듯 외롭게 하지만
나는 여전히 세상과의 소통을 꿈꾸며
낯선 타인처럼 홀로 서성인다

눈물 젖은 막걸리 / 김강좌

고단한 하루를
막걸리 몇 잔으로 달래시고
늦은 밤이 돼서야 사립문을 들어서면
아버지의 하루는 끝이 납니다

빈곤한 살림에 유일한 희망은
살붙이들 등 따습고 배 불리는 것인데
소박한 욕심에도 불구하고
한여름 소나기에 꽃잎 떨구듯이
아버지의 가을은
그렇게 막을 내리셨습니다

뻥 뚫린 어머니 가슴에선
오랫동안 바람 소리가 났습니다

애끓는 허무는 시간 속에 묻히고
반백의 머리 위로 여울지는 그리움은
이제야 술잔에 떨궈지던
아버지의 눈물을 조금씩 알 것 같습니다

오늘은
딱 한 장 남은 사진을 꺼내놓고
생전에 즐겨 마시던 막걸리를 떠올리며
시 한 편을 바칩니다

제목 : 눈물 젖은 막걸리
시낭송 : 박영애

스마트폰으로 QR 코드를 스캔하면
시낭송을 감상할 수 있습니다.

간이역 / 김강좌

어둠이 채 가시지 않은 새벽녘

꿈과 희망을 이고 지고
어디론가 떠났다 돌아오는 사람들

무엇을 위한 바쁨인지도 모른 채
쫓기듯 쓸려가는 현실은
변화를 가늠할 수 없었다

북적였던 간이역은
언제부터 인가 인적이 뜸해지고
무심한 배웅에 익숙해져 갔지만

기적소리와 함께
긴 꼬리 달고
느리게 돌아오는 열차를 추억하며
묵묵히 기다림을 배우고 있다

낯선 그리움 / 김강좌

세월의 더께가 쌓일수록
삶의 무게가 버거워진 한 여자의 가슴엔
시린 바람이 일고
마른 잎 부서지듯 바삭거리는 소리가 났다

드난살이하듯
무시로 일어나는 마음속 고뇌는
스스로 생채기를 내고
가슴앓이를 했다

질끈 동여 맨 신발 축이 헤지도록
빈약한 시간을 쫓아 헤매던 어느 날
반쯤 털려버린 허허로운 영혼을
늘 한결같은 마음으로 오롯이
기다림 하는 한 여자가 그리워진다

낯선 듯 낯설지 않은 얼굴과 마주 앉았다
배시시 웃어주는 그녀에게
처음으로 사랑한다는 서툰 고백을 한다

봄의 서곡 / 김강좌

잔설이 남은 겨울 산기슭에
하얀 화관을 쓴 얼음새꽃이
달빛을 두르고 오롯하니 나섰다

단아한 매무새는
아무런 치장을 하지 않아도
스스로 돋보이기 충분했으니
바라만 봐도 가슴 설렌다

빈약한 계절을 기다리며
무심한 발걸음에 지르밟혀도

한 뼘도 채 안 되는 몸짓으로
촉수를 세우고
기별(奇別)처럼
노란 속살을 터트린다

사각사각 대지를 흔들어
봄의 서곡을 외치고 있다

*얼음새꽃 : 복수초의 다른 이름

시인
김순태

어머니 외 9편

대한창작문예대학 입학은 시문학을 향한
한 단계 도약하는 기회가 되었습니다
매주 주어지는 시 주제를 놓고 어떻게 배움대로 녹이고
삭혀야 할지 때론 밤잠을 설쳐가며
고민해야만 했던 시간이었습니다
그런 만큼 자신을 단조하는 방법
다듬어 가는 방법을 깨닫게 된 것도
소중한 자산과 가치로 남습니다
그동안 살아오면서 경험한 것들과
삶 속에서 익어온 수많은 사연을
백지 위에 올려놓고 삶이란 시어로
독자들의 영혼을 한 줌 채워주는
소금 꽃의 시인이 되도록 노력하겠습니다
좀 더 열정적으로 하지 못한 한계와
아쉬움을 느꼈습니다
부족하고 모자란 부분을 친절하게
그리고 정성껏 첨삭 지도해주신
교수님 한 분 한 분 노고에 진심으로 감사드립니다.

어머니 / 김순태

박속같이 뽀얀 살결에
은홍빛 적삼이 잘 어울리는 어머님
봄처럼 화사한 모습으로
항상 제 곁을 지켜주실 줄 알았는데
낙엽처럼 마른 모습으로
긴 세월 병상에 누우셨습니다

흐드러진 제비꽃과 민들레처럼
홍조 띤 어머님도 고우셨는데
축 처진 몸짓과 혼미한 정신으로
사랑하는 피붙이를 몰라보시고
자꾸만 생명의 끈을 놓으시려고 하니
마음은 상흔 속에 허우적거립니다

들꽃처럼 고운 어머니
병상을 훌훌 털고 일어나
꽃구경 나들이 소망을 들어주시고
소나무처럼 그늘막으로
제 곁을 지켜주시길 염원합니다.

아버지의 속울음 / 김순태

옹골지게 여문 젊은 시절에는
어둠을 몰아내고 뜨는 태양처럼
자식들 삶의 길잡이 등대처럼
마음속 버팀목이 되어주신 아버지

교통사고로 어린애가 된 어머니
병시중으로 반평생을 지새운 밤낮
주름이 깊게 패고 어둔해진 모습에
먹먹한 가슴은 미어집니다

병석의 어머니를 위해 바친 삶과
내려놓지 못한 마음의 짐으로
풍진 세월 속울음으로 지내셨을
아버지의 앙상한 어깨를 감싸드립니다.

봄 그리고 나 / 김순태

겨울은 아스라이 사라지고
윤슬처럼 찬란한 꽃들의 향연인데
내 마음의 봄은
저 멀리 꿈속에서 헤맨다

꽃바람이 살랑살랑 불고
하얀 눈처럼 꽃비 되어 날릴 때
내 마음은 먹구름만 가득
소낙비 되어 내린다

연분홍의 파스텔 같은 설렘
봄꽃들의 향기가 코끝을 간질일 때
새하얗게 재처럼 타버린 내 가슴
내 마음이 헛헛하다

매화꽃 이파리가 흩어지는
꽃향기 가득 아름다운 날에
웅크린 채 있는 내 가슴속의 봄
꽃망울을 터뜨려 꽃을 피우고 싶다.

시인이 된 들꽃 / 김순태

장미처럼 화려하진 않지만
우아하고 매력적인 삶이다

청초한 모습은
실바람에 흔들리고
가랑비에 젖어도
흔들리는 들꽃으로
언제나 그 자리에 피어난다

들꽃 한 잎 파란 하늘을 날면
사랑은 열매 맺고
그 행복은 세상에 또 꽃으로 피어난다

꿈을 꾸는 꽃 한 송이는
우아한 날갯짓에 노랑나비를 불러오고
슬픈 날과 행복했던 기억은
사랑으로 남아 꽃으로 영원하다

이제 나는 만발한 꽃이다

꽃은 자신이 살아온 이야기를
화려하지만 단아하고
청순하지만 꺾이지 않는 꽃으로
누군가에 가슴속에
문자로 언어로 그리고 한 편의 시로 피운다.

제목 : 시인이 된 들꽃
시낭송 : 박영애
스마트폰으로 QR 코드를 스캔하면
시낭송을 감상할 수 있습니다.

46

괘종시계 / 김순태

새집으로 이사 가던 날
시커먼 키다리 몸집에
금빛으로 치장한 둥근 얼굴
황금 체인 둘러메고 네모기둥인 양
벽면에 떡하니 버티고 섰다

시계추같이 쉼 없는 일과로
지친 육신 뉠 때
댕그랑 댕그랑 알람 타종
온종일 외로웠다고 보채니
쳐진 몸을 일으켜 세워
배터리를 만지며 달랜다

날이 새도록 고독하게
무한 질주 똑딱똑딱 노래에
박자 맞춰 춤추는 듯한 소리로
피곤한 아침을 맞는다

억겁의 세월에 늙고 병들어
자신의 존재를 잃어갈 때
인연의 끈을 놓으려는 걸 알았는지
뎅앵 뎅앵 힘겹게 운다
정 떼기 싫어서 운다.

아바타 / 김순태

까무잡잡한 피부
순한 암소 같은 눈망울
붉은 입술이 매혹적인 여인
신사 같은 내 사랑에게 다가온
또 다른 아바타
많이 설레는지 가슴에서 내려놓질 않는다

여행이나 나들이 갈 때면
그이의 손을 꼭 잡고
시시때때로 잉크 하며
찰나의 순간을 즐기며 행복해했다

푸른 잔디밭같이 넓은 가슴
아바타 같은 여인에게 내어주고
서너 발짝 떨어져 부러운 눈망울로
뚫어지라 쳐다보는 내 모습 애달프지만
자존감으로 도도한 척 뽐낸다

욕심 많은 그 여인은
붉은 입술이 창백해질 때까지
사랑받으며 생을 마감하듯이
당신 가슴의 카메라가 될지라도
여생 행복하게 살고 싶다.

여름밤의 하모니 / 김순태

넓은 들판에 초록 물결 이룰 때
벼와 벼 사이사이 둥둥 떠 있는
연둣빛 수초의 모습이 신비로워
가만히 엿보는 초여름 날의 서정

까만 콩알같이 반짝반짝 큰 눈망울
작은 소리에도 숨바꼭질하듯 잠수해버리는
겁많은 슬픈 눈동자를 바라본다

녹음이 짙어지는 여름밤
임 찾는 구성진 울음소리
들판을 일으켜 세울 만큼 요란하더니
억겁 세월에 사랑의 세레나데는
흔적 없고 알싸하게 가슴을 적신다

별 밭이 쏟아지는 여름날
청아한 소리는
우우웅 우우웅
황소개구리 위엄찬 소리에 묻혀
깊은 그리움 되고 슬픈 하모니는
아련하게 떠오르는 추억으로 남았다.

옹 / 김순태

인고의 세월에 하나둘씩 생겨난
상처의 흔적들을 가슴속에 다닥다닥 붙인 채
나만의 테두리를 만들고 외로움과 맞선다

험한 세상살이에
흔들리지 않으려고 애쓰지만
여리디여린 새싹같이
꺾이고 밟혀 아프고 아프다

때로는
스쳐 간 인연으로 애락도 있었지만
미운 속내를 내놓지 못해
가슴 깊이 박힌 아픈 상처들은
파도가 모래 쓸 듯 말간
가슴으로 돌아오길 희망하지만
현실은 외면당한다

어둠이 창가에 내려올 때
은하수 물결 따라 스며드는 수많은 사연에
지울 수 없는 그리움은
내 마음에 깊은 상흔으로 남아있다.

디딤돌 / 김순태

화려한 치장으로
윤회 같은 굴레를 뒤로한 채
마음은 벌써 저만치 앞서가는데
달리는 기차는 내 마음을 모르는지 더디기만 하다

곱게 분칠한 얼굴에 만개한 미소 지으며
한 명 한 명 문을 열고 들어오는 친구들을 보니
오월의 화사한 장미꽃 부럽지 않다

감미로운 음악이 흐르는 카페에서
지나온 삶의 흔적만큼이나
향기 진한 찻잔을 마주하고
가슴속에 묵혀둔 곰삭은 그리움을 쏟아내어
헛헛한 마음을 채울 수 있어 더없이 좋다

함께 울고
웃을 수 있는 동행이 있어
지천명 고갯마루 넘어가는 길이 외롭지 않고
기다림의 여정이 행복하기만 하다.

당신 그리고 나 / 김순태

하얀 도화지에 그림을 그립니다

처음 붓을 들었을 때 두려움도 있었지만
희망의 오선지를
황소 얼음판 걷듯 밟습니다

믿음을 바탕에 깔고 황홀한 채색으로
등대를 반듯하게 세웠고
등대 안 둥지에
뱁새가 수리를 낳았습니다

싱그런 뜨락에
핑크빛 고운 장미 한 송이
등대 향해 미소 짓습니다

갑년이 넘어서니
어느새 하나둘 둥지가 비워지고
당신과 깊은 정 만큼
사랑으로 달군 심장을 그렸습니다

남은 인생 아름다운
황혼을 위하여
둘만의 등대를 채워갑니다.

시인
김재진

어머니 외 9편

사춘기 시절에도
문학은 하고 싶었지만
연이 닿질 못해서
일하는 재미로만
지천명의 고갯길을 넘었다
작은 불씨 하나가 남아 있었을까
대한문인협회에 연이 닿아서
여생은 글 향에 미쳐 보고자
대한창작문예대학 제9기로
출사표를 던진다

어머니 / 김재진

홀로 사시는 어머니 집에
이른 저녁 불이 꺼져있다
초인종을 눌러봐도 감감하고
전화 연결음이 집안에서 울린다

주거비 아끼시려는 탓에
느지막이 습관이 되셨는지
저물녘에 밥 한술 뜨시고는
서둘러서 이부자리를 펴신다

생전에 그리 무정하시던
아버지 생각이 간절해지고
새벽녘까지 뒤척이다가
나도 모르게 선잠이 들었다

아침밥은 먹는 둥 마는 둥
출근길 부리나케 나섰다가
구급차 사이렌 소리에 놀라
덜컥, 저민 가슴이 내려앉는다

봄의 전령사 / 김재진

동장군의 시샘으로 치렁한 밤
겨우내 한길 눈 속에서도
아기 주먹만 한 작고 여린 것이
해 뜰 녘 금빛 햇살을 사모했으리라

언 땅이 녹기를 기다리다 지쳐서
사무치는 가슴에 열꽃이 피고
금빛 햇살 보고픈 마음에
서릿발 헤집고 노란 꽃망울 터뜨린다

하얀 보자기에 싸인 여린 것은
해 뜰 녘 금빛 햇살에 방긋 웃고
해 질 녘 어스름에 고개 떨구며
부푼 가슴으로 새벽을 기다린다

금빛 햇살에 미소 짓는
환한 얼굴이 어찌나 눈물겨운지
봄의 정령이 소리 없이 다가와
흰 저고리의 옷고름을 살포시 푼다.

아버지의 발자취 / 김재진

아침 댓바람부터 첫차를 타고
선산의 벌초를 하다가 날이 저물어
산 아래 허름한 국밥집에 들러
시래기국밥으로 허기진 뱃속을 달랜다

아버지께서 걸으셨던 그 길에는
새들이 노래하고 꽃들은 피고 지고
등짐 걸머지고 저무는 길 가다 보면
주막집 굴뚝의 연기가 발길을 잡았다

이제는 잘 뚫린 도로를 차로 달리며
오가는 시간도 짧아졌건만
분주히 동당거리는 내 발걸음은
도로 위 꼬리 문 차량 불빛에 쫓긴다

뉘엿뉘엿 넘어가는 석양 노을빛에
속절없이 곁을 떠난 아버지가 그리워
밤하늘에 함초롬한 별빛을 이정표 삼아
아버지의 넉넉한 마음을 따른다

봄비 / 김재진

찰바당찰바당 돌에 치대며
도랑물 힘차게 넘쳐흐르는
초록 물소리가 귀에 맴돈다

울먹울먹 거리는 봄비 소리
겨우내 움츠린 대지를
보슬보슬 가늘게 적시면

말갛게 떠오르는 아침 햇살에
고만고만한 어린 새싹들이
어깨싸움하며 키재기하겠다

아름드리 검붉은 천년 고목은
젖은 흙 내음에 거친 숨 고르고
긴 잠에서 깨어나 언 입 풀리겠다

강기슭 긴 언덕에 이 비 그치면
꽃샘추위 시샘하는 봄 언덕에
푸른 풀잎이 남실남실 춤을 추겠다

시계 추이에 대한 단상 / 김재진

갓 쓰고 곰방대 물던 할아버지는
절기마다 며칠씩 한달음에 쓰시고
시골버스 줄곧 기다리던 아버지는
하루를 시침으로 산정해 느긋하셨다

휴대폰 들고 정신없이 사는 나는
일과를 분침으로 쪼개어 분주하고
온라인게임 즐기는 젊은 청춘들은
찰나에 초침 가듯 긴박하게 살아간다

옛날 사진관 / 김재진

찰칵 찰칵
눈웃음 소리에 초점을 맞추고
순간순간 번득이는 화두에
반짝, 섬광을 터트린다

블랙홀 속 상념 어린 숱한 밤들이
피를 토하며 여로의 흔적을 남긴다

빛바랜 한 장의 흑백 사진 속에
물끄러미 서 있는 지나온 세월이
하얀 눈 내린 겨울 여백을 채워준다

사각 틀 속에 한 폭의 수채화가 완성된다

웅변쟁이 / 김재진

칠흑의 초경 사이
무논에 초록 우비를 걸치고
주저리주저리 공염불을 외더니
무심히 지나가는 빗소리에
급한 대로 짝짓기를 하자는 것이냐
물가에 어미 무덤 떠내려갈까 걱정이더냐

굴개 굴개 청개구리야
추적추적 비 내리는 오늘 밤은
옹색한 넋은 놓고 곤잠이나 청해보자
이 무지렁이 사는 법이
짧았던 하루해가 고단하다

이른 동녘 바른 햇살에
새순이 돋고 꽃망울 터지듯이
와글와글 밥그릇 싸움에 멱살잡이 말고
꽉 찬 벼 모가지 고개 숙이듯이
우물 안 무녀리들 돌아볼 일이다

바랭이 풀꽃 / 김재진

따신 햇볕이 드러누운 안산 남새밭에
반질반질해진 호밋자루가 부러질세라
헌 비료 포대를 철퍼덕 깔고 앉아서
바랭이 풀꽃 매던 슬레이트집 아낙네는

부엌 뒷문 담벼락에 걸어 둔
녹슨 호밋자루만 덜렁 남겨 두고
도회지 딸네 바람 쐬러 가더니
이 봄이 다 가도록 돌아올 줄을 모른다

서러운 풀빛에 옹송옹송해진 밭둑에는
뽑아도 뽑아도 자라나는 바랭이 풀꽃이
올해도 어김없이 다복다복 들어차리니
찔레 숲에 깃든 소쩍새 소리가 구슬프다

제목 : 바랭이 풀꽃
시낭송 : 김혜정
스마트폰으로 QR 코드를 스캔하면
시낭송을 감상할 수 있습니다.

사인 사색의 절친회 / 김재진

각자 걷는 인생길에
가끔 만나자는
개성 다른 벗들이
서넛 외라면 딱 좋겠다.

글쟁이
환쟁이
풍각쟁이
착한 그대까지...

욕쟁이 할미 집에서
나름에 고충을 안주 삼고
쓴 소주 서너 잔 기울이다 보면
제대로 된 걸작인들 나오겠다.

산사의 꽃차 / 김재진

산빛이 곱고 물이 맑은 초여름의 산사에는
푸른 자줏빛에 신비스러운 산수국과
형형색색의 질펀한 꽃향기가
산들바람을 타고 와 코끝을 자극합니다

사계절이 한데 버무려진 요염한 꽃잎들을
살살 어르고 덖어서 달래셨는지
눈으로도 맛있고 입안에서도 향긋한
알록달록한 꽃차 한잔이 놓입니다

꽃처럼 고왔던 지난 청춘 시절을 회상하며
산사의 향기 짙게 배어진 꽃차 한잔을 마주하니
가슴 졸이어 살아온 너덜너덜해진 상념의 끈마저도
청산에 살리라 줄행랑을 칩니다

덧없는 세월의 바람에 속절없이 이끌리고
삭신 마디마다 마른 풀잎 소리 서걱서걱 치대려나
가지런히 놓인 산사의 꽃차 한잔을 음미하니
버겁던 여로에서 나직한 바람이 흐릅니다.

시인
김정호

꽃의 옹아리 외 9편

쪽빛의 새파란 도화지 위에
망사처럼 구멍 난 삶의 매듭을
한 땀씩 수놓은 돛단배처럼
일평생 연금술사로 살아온 삶을
'가우도(駕牛島)' 입구에 있는
"가출"이란 카페에 앉아
한 잔의 에스프레소를 마시며
다가올 삶의 멍에를 여백의 시심 속에
담아내는 시인을 꿈꾸면서

꽃의 옹아리 / 김정호

억새꽃 사이를 떠도는
외로운 내 영혼의 산책길
살짝이 웃어 보이는
복수초의 신비에 빠져 든다.

마치
하늘과 땅의 동면 속에서
갓 깨어난 아가인 양
젖비린내 머금은 채
산자락 포대기에 싸인 노란 꽃은

험하게 살아온
지난 나의 세속적인 삶을
꾸짖기라도 하듯이
옹알이 한다.

아가의 미력한 꿈을
눈 속의 꽃으로 피워낼 수 있는
복수초의 삶을 닮고 싶다고
나도 옹알이를 하고 있다.

무화과 같은 사랑 / 김정호

새벽에 콩나물시루에서
내리는 물소리는
아버지의 근심걱정의 소리이고
횃대에서 우는 장닭의 울음은
큰 자귀질 하는 소리로 들린다.

엄니의 병환,
자식의 공부,
홀로 계신 할아버지를 위한 근심
한 땀, 한 땀 넣은
큰 자귀질이 얼마나 무거웠을까?

팅하고 울리는 먹줄은
아버지의 가슴을 까맣게 했을
삶의 안내이자 설계도이고
가난을 떨치는 소리였다.

옹이를 다듬질하듯이
가족을 사랑하신 아버지의 사랑은
무화과 같은 포근한 사랑으로
내 마음을 감싸고 있다.

초원의 바람둥이 / 김정호

우듬지 까치밥에 시린 질투는
담장 아래 옹기종기 모인
봄볕을 갈망하는
동절기의 희망이고

움트는 씨앗의 소리침이
잠자는 대지를 깨우고
큰 진통으로 다가온 생명력은
졸졸 소릴 내며 푸르게 다가온다.

앳된 꽃망울의 입술은
연분홍 립스틱이 스쳐 간
봄 처녀의 유혹이고

올망졸망한 새 생명을
각시로 맞이한 봄은
노랑나비 되어
골담초 꽃망울에 앉아 있다.

허수아비 / 김정호

베어진 벼 포기와
을씨년스럽게 누워있는
허수아비의 모습을 보며
나는 목놓아 울었습니다.

황량한 들판에 홀로 서서
풍요로움을 기원하던 허수아비가
지금은 허름함으로 서 있는 모습이
나의 서럽던 시절을 연상케 합니다.

세월이 흘러 이순의 상념 속에서
흔들리는 실루엣의 실체는
넓은 광야를 바라보며 꿈을 꾸는
벼 포기의 새로운 희망을 봅니다.

나는 중년의 애환을 고뇌하며
쓸쓸함이 배어 있는 들판에 서서
먼 훗날의 꿈과 희망을 품은
허수아비의 탈춤을 춥니다.

삼위일체 / 김정호

느긋한 아버지의 삶을 닮은 시침
적응하기 바쁜 내 삶의 방식인 분침과
그리고 아들의 각박한 삶을
살아가는 초침이
가족이란 구성원을 만든다.

세개의 침으로 연민을 끌어안고
억겁의 인연으로 마주 앉아
일심동체가 되는 삶의 구성은
우리 가족과 닮은 인생이다.

가족 간의 존경, 사랑, 단결은
험난한 세상에 굴하지 않고
오늘도 멈출 줄 모르는 시계는
째깍째깍 돌아가고 있다.

상부상조하는 삶의 동행 속에
서로의 상처를 인연으로 꺼안고
틱톡틱톡 힘든 인생을 사랑으로 엮어가는
우리는 삼위일체로 이루어진
가족이다.

왕눈이의 동행 / 김정호

모내기 철이 찾아오면
논바닥에는 자명종처럼
개굴개굴 울어대는
이방인을 닮은 단골이 찾아옵니다.

가족의 생계를 위하여 울지 못하는
아버지의 마음을 대변해주는
왕눈이의 구애 소리는
새롭고 희망찬 노랫가락입니다.

왕눈이의 성대결절은
아버지의 꿈도 동면에 들고
동상이몽을 꿈꾸는 계절에
왕눈이와 아버지의 동행 길입니다.

부지깽이로 그리던 시커먼
왕눈이의 얼굴은
말없이 흐른 세월과 함께 보이지 않는
아버지의 자화상입니다.

지난밤의 봄꽃 / 김정호

지난밤
내 마음 훔치며 다가온 봄꽃은
눈송이 되어 날립니다.

한때 지고 나면 그만인 것을
일백송이 꿈꾸며 살아온 삶 속에
이순의 꽃이 피기까지
내 삶의 이랑을 위해 고랑이 된 당신은
오늘도 봄꽃이 되 내 마음 적십니다.

사랑의 흔적을 날리고 있는 오늘
당신의 심장 한쪽에 박힐 사랑의 편린으로
나는 남고 싶습니다.

오월의 동행 / 김정호

한평생 나무에 자귀질과 대패질을 하며
오직 장인 정신으로 고된 삶을 살아오신
아버지의 외롭고 쓸쓸한 인생길에
동행하는 가족은 든든한 응원군이었다.

앞을 내다볼 수 없는 안갯속에서
터덜대는 자갈길을 달리는 버스는
펄펄 끓는 용광로 정거장 앞에 멈춰
나는 지금 연금술의 마법사가 되었다.

목수 아버지와 연금술사 아들의 삶은
화려한 장미의 꽃과 숨겨진 가시처럼
함께 있어도 서로에게 상처 주지 않는
장인 정신이 빚어낸 아름다운 꽃이다.

사랑이 넘치는 가정의 달 오월은
우리 가족이 꿈꾸는 삶의 행복을
서로 사랑의 힘을 모아 만들어 가는
아름다운 꽃이요, 향기 가득한 달이다.

가우도(駕牛島)에서 멍에를 벗고 / 김정호

쪽빛의 새파란 도화지 위에
망사처럼 구멍 난 삶의 매듭을
한 땀씩 수놓은 돛단배는
항해의 꿈을 꾸고 있다.

상처 난 삶을 그려 놓은 듯
탁한 물 위에 외롭게 떠 있는
할퀸 조각배 한 척
희망의 닻을 올리고 있다.

수평선 끝에 펼쳐진 희망은
한 점 뭉게구름 되어
광활한 바다 위를 나르는
갈매기의 꿈처럼 피어오른다.

가우도의 출렁다리 카페에 앉아
한 잔의 에스프레소를 마시며
쉼 없이 달려온 삶을 돌아보고
다가올 삶의 멍에를 벗고 싶다.

제목 : 가우도(駕牛島)에서 멍에를 벗고
시낭송 : 박남숙
스마트폰으로 QR 코드를 스캔하면
시낭송을 감상할 수 있습니다.

젊은 날의 고뇌 / 김정호

학비를 위한 손수레 위에
크고 작은 노란 참외의 배꼽은
고난의 역경을 헤쳐온
기억 속의 고독이었고

희미한 달밤에
엄니에게 달려가는 마음을
억누른 인고의 길이었다.

노란 참외는
세상을 이겨내는
내 희망의 등불이고

어떠한 역경 속에서도
모든 일을 할 수 있다는
자신감과 희망의 상념이었다.

시인
박남숙

#사랑 노래 외 9편

꽃이 진 무채색 종이 위에
푸른 단색으로 여름을 스케치하고
단풍이라는 오색 물감으로
조금씩 덧칠을 하는 우리의 삶은
도화지 위에 그리는
수채화였습니다
어제라는 문을 통해
오늘이라는 현실과 마주하지만
잠시 숨 고를 여유도 없이
내일의 문을 열고 떠나야 하는 우리에게…

"가을 캔버스 중에서"

사랑 노래 / 박남숙

실바람에 살랑거리는 햇살은
잔잔한 호수 위에 꽃버선을 신고서
화려한 부채춤을 추고 있다

노란 저고리 맵시 나게 입은 개나리와
연분홍 치마 곱게 두른 진달래는
세상을 수놓은 한 폭의 수채화가 된다

이 산 저 산에는 꽃향기가 가득하고
이 골 저 골에는 사람 향기 가득해서
바람 따라 들려오는 노랫소리 정겹다

앞뜰에 널어놓은 하얀 홑이불이
깃털처럼 바람을 타고 하늘을 나를 때
한 쌍의 제비 처마 끝에 돌아와
지지배배 지지배배 사랑 노래 정겹다

봄비 내리는 날에 / 박남숙

초록 숲 달콤한 풀 내음이
코끝을 간지럽힐 때
바람처럼 서걱거리는 기억이
지난 시간을 불러들인다

힘들었던 세월을 뒤로하고
아카시아 꽃향기가 코끝으로 스며들 때
그 향기 따라가신 어머니의 시간은
지금은 어디에 머무르고 계실까

촉촉이 내리는 빗방울 바라보며
그 옛날 당신의 품에 안겨
재잘거리던 순수한 아이가 되어
몰려오는 추억을 하나둘 들춰 봅니다

삼베 이불 다듬잇방망이로
꼿꼿하게 물풀 들여 당길 때
"막내가 있어 좋구나" 하시던
목소리가 빗물 되어 스며듭니다.

풀빛 연못 / 박남숙

물빛 속 푸른 하늘에
시원한 바람이 가져다준
선물 같은 추억이 파릇파릇 피고 있다.

졸졸 흐르는 개울물 소리 따라
올챙이들은 미지의 세상으로
기지개를 켜며 한 걸음씩 여행하고
논두렁 어귀마다 폴짝폴짝 뛰어
세월 속을 유영한다.

제각기 모른 척 낮을 보낸 왕눈이
밤만 되면 이 논 저 논
서로의 이름을 애타게 부르며 합창을 한다.

개굴개굴 애달픈 울음
등불이 된 달이 어둠을 밝히면
목청껏 임을 부르는 소리가 별빛에 박혀 있고
나도 열정적인 사랑을 노래하고 싶다.

마음을 찍는다 / 박남숙

어둠에 싸인 마음 달래려고
하나밖에 없는 눈으로
화려한 봄빛을 만나러 나간다.

아름다운 풍경과 내 모습이
네 가슴으로 흐르는 순간
찰칵찰칵 셔터 소리가 좋다.

봄 향기 따라 꽃을 찾아
내게로 다가오는 너에게
포로가 되는 순간이 기쁘다.

기쁜 내 삶의 모습을
말없이 담아 주는
너에게 반해버린 봄날이 즐겁다.

입학 선물 / 박남숙

하얀 민들레 필 때면
교복 입은 소녀의 추억 하나가
고향집 앞뜰에 피어오른다

뽀얀 손목에 채워져 째깍거리던
서울 간 오라비가 보내준 손목시계
세상을 떠나기 전 마지막 길에
사랑하는 누이에게 전해준 입학 선물이었다

꿈길에서라도 보고 싶은 그 얼굴
딱 한 번이라도 보고 싶은 그 얼굴은
이제는 하늘의 별이 되어 반짝거리고
어느새 이슬이 되어 눈가에 맺힌다

그 무엇으로도 채워지지 않는
빈 손목만 물끄러미 내려다보며
짧아서 더 서러운 오라비의 시간은
째깍째깍 소리만 내고 있다.

내 마음속 자전거 / 박남숙

앨범 속 빛바랜 흑백 사진에서
자전거를 탄 아버지께서
환하게 미소 지으며 내게 달려와
손을 내밉니다

그 순간,
난 어린 소녀가 되었고
아버지께서는 나를 번쩍 안아서
자전거 뒤에 태우고 등굣길
신작로를 씽씽 달려갑니다

내가 스무 살 되던 해
자전거를 타고 하늘길 달려
별이 된 아버지께서는
봄이면 개나리꽃으로 피어 활짝 웃습니다

친정 나들이마다
가족을 울타리처럼 믿음직스럽게 감싼
빛바랜 사진 속 아버지의 모습이 그리워
사랑의 자전거 종소리 들리는
골목길을 돌며 아버지를 불러봅니다.

제목 : 내 마음속 자전거
시낭송 : 박영애
스마트폰으로 QR 코드를 스캔하면
시낭송을 감상할 수 있습니다.

설연화 / 박남숙

눈보라 맞아 시린 마음
잔설 아래 기억 속으로
한줄기 햇살이 파고들어
아련한 추억을 가만히 깨운다

햇살은 어두운 깍지 안의
무딘 마음을 토닥여 깨우고
손가락 사이마다 엇갈린 운명
눈밭의 발자국 소리로 녹아든다

긴 세월 인연 문을 열고 나와
가녀린 숨결 새근새근 거리며
치자색 물감을 풀어놓은 듯
봄처녀의 노란 저고리가 황홀하다

꽃다운 시절의 첫사랑
등대 불빛처럼 샛노랗게 꽃등 밝힌
그대의 마음 같은 봄빛 바다에서
봄 내음 좇아 너에게 슬며시 스민다

인연 / 박남숙

잎새를 간질이는
짙은 녹음의 오월
그대의 고운 숨결이
민들레 홀씨처럼 날아들었습니다

때로는 연둣빛 잎새처럼 부드럽게
속삭이기도 하고
때로는 성난 파도처럼 가슴 갈피마다
울분의 상흔들을 만들기도 했습니다

작은 나무가 햇살과 바람을 친구 삼아
삶의 숲을 이루어가듯
그대와 맺은 백년가약
푸르게 숲으로 고운 빛깔로 물들어갑니다

뿌리 깊은 소나무처럼
비바람 불어와도 흔들리지 않는
희망의 푸른 나목으로
편안함을 꿈꾸게 하는 행복으로 동행합니다

삶이라는 숨결 / 박남숙

꽃과 잎새들이
푸른 하늘빛으로 물들어 가는
아름다운 날에
인연의 꽃이 피어납니다.

무심코 던지는 말 한마디에
감동을 하기도 하고
때로는 서운하여
천국과 지옥을 오가는
미운 그림을 그리기도 합니다.

땀 냄새 풍겨와도 밉지 않은 사람
늦은 밤 "배고프다" 하면
라면을 끓여주며 함께 할 수 있는
잔잔한 사랑으로 물들입니다.

말없이 순응하며
보듬어 줄 수 있는 넉넉함으로
남은 여정 친구같이 늘 한결같은 마음으로
같은 곳을 바라보며 걷는 이 길이 행복입니다.

인생 열차 / 박남숙

진초록을 만들어가는
오월의 감나무 밑에는
어제와 오늘의 시간이
감꽃으로 공존하고 있다.

멈출 수 없는 인생 열차
그 속에서 추억도 쌓고
아름다운 사람들과의 향기도 나누고
머문 듯 가는 세월 속에서 쉼을 찾는다.

곰삭은 과거의 아픈 흔적을 지우려
누구보다 열심히 살아온 삶
이제는 한적한 커피숍에서
은은한 향기 음미하며 여유를 즐기고 싶다.

채움보다 비움을 알아가는 나이
연초록 생명이 앙상한 가지를 품듯
말없이 안아주며
미소로 답하는 넉넉한 마음으로
삶의 여유를 가져본다.

시인
박상철

꽃의 의미 외 9편

시란 내 영혼의 노래이다
흐드러지게 핀 꽃을 보고 있으면 눈물겹다
꽃은 시간이 지나면 어김없이 피고 미련 없이 진다
내 삶도 시간에 몸을 맡기고 사는 것이다.
나이가 드는 대로 삶의 향기를 따라 익어가는 것이다.
삶의 여정을 노래하는 것이 시인 것이다.
내 영혼에서 울려 나오는 소리를 맘껏 노래하다가 갈 것이다
한 영혼이라도 내 노래에 위안을 가진다면 그걸로 만족하리라

꽃의 의미 / 박상철

남해 금산을 오르다가
수줍게 핀 복수초를 보았다.
송헌도 보리암에서 백일기도 후
하산 길에 이 꽃을 보았겠지.

새벽이슬만 먹고살 것 같은
순수한 한 떨기 꽃
꺾어서 곁에 두기보다는
그 자리에서 감상하고 싶은 꽃

송헌의 백일기도 중에
들려주신 산신령의 응답
시린 해풍 속에서 핀 꽃처럼
소망은 반드시 이루어지리라.

숨죽이고 복수초를 바라보며
매일같이 이슬 내리기를 기도한다.
임 그리워 눈밭을 녹이고 핀 꽃
차가운 세상에 사랑으로 다가오길

*송헌 : 조선의 시조 이성계의 호

87

자기만의 세상에 갇힌 아이 / 박상철

우물 안에 개구리가 살고 있다.
다른 세상이 있다고 밖으로 끄집어내니
자기 손등을 문다.

장난을 치다가 흙이 잔뜩 묻었다.
목욕을 시키고 새 옷으로 갈아입히고 싶은데
소리를 지른다.

꽁꽁 얼어버린 저 영혼을
어떻게 녹일 수 있을까?
무슨 상처로 인해
영혼이 저렇게 얼어있을까?

자기만의 세상에 갇혀 있다.
생각을 비우고 저 영혼의 소리를 들어본다.
생각의 소리는 들을 수 없어도
가슴의 소리가 들린다.

나의 기준에서 너를 보지 않고
너의 기준에서 나를 바라본다.
넌 다르게 태어났을 뿐인데
세상은 다름을 인정해주지 않는다.

세상은 자기 기준에서 널 바라본다.
정작 모두 자기만의 세상에 갇혀 살아가면서
선생님은 너 때문에 매일 울듯이
너도 선생님 때문에 우는 그날이 왔으면 좋겠다

그리운 아버지 / 박상철

벌초를 하며 아버지와 대화를 합니다.
어릴 때 지게를 타고 할아버지 산소에 가던 일
선잠을 깬 새벽에 모내기 나갔던 일
그리운 아버지와 지난 추억을 나눕니다.

풀을 베는 것보다 그리움을 되새기는 것
내 손에 잡히는 풀만큼 더해지는 그리움
풀 내음 따라 퍼져가는 아버지의 향기
나비 한 마리 다가와 아버지의 소식을 전합니다.

시원한 막걸리 한 잔 따라 마시고
아버지께서 즐기시던 노랫가락 흥얼거리면
술잔 속에 비친 근심을 덜어낸 아버지 얼굴
그리움으로 눈가를 촉촉이 적십니다.

아버지 살아계실 때 못다 한 마음
가슴속 깊이 뼛속에 사무치고
예쁘게 자란 어린 딸이
할아버지께 큰절을 올리며 날 울립니다.

청도의 봄 / 박상철

진달래꽃 흐드러지게 핀 청도의 봄
어린 시절의 고향으로 시간여행을 간다

아지랑이 피어오르면 새싹이 움트고
산통 속에 새 생명의 울음이 지축을 흔든다
나비처럼 아름다운 꽃잎이 나풀거릴 때
영혼도 꽃향기와 함께 내게 안식을 준다

진달래 꽃잎 따라 입술은 붉게 물들고
기분이 두둥실 들뜬 나는 호드기를 분다
누이들 따라 봄나물 한 바구니 가득 캐고
가재 잡던 손으로 찔레순 꺾어 입에 문다

눈 감고 어린 시절 고향의 봄을 떠올리면
향기 머금은 꽃잎이 내 마음 따라 흐른다

나는 누구인가? / 박상철

나는 누구인가?

내 안에는 수많은 내가 존재한다
바라보는 나도 있고 보이는 나도 있다
남들은 보이는 나를 바라보고
바라보는 나는 남을 바라본다

내 안에는 활짝 핀 꽃도 있으며
피우지 못한 봉오리도 있다.
봉오리가 된 채로 그냥 죽을 수도 있다.
그 봉오리를 활짝 피울 때 삶은 달라진다.

밤새도록 쓴 시를 아침에 읽어보면
때론 너무나 낯설기도 하다.
내 안에 또 다른 봉오리가 활짝 피워
향기를 풍기고 있었다.

시계와 시간은 다르다 / 박상철

찍 잭이 째깍째깍
시침이 분침 위로
분침이 초침 위로
돌고 있습니다.

침끼리 서로를 끌어 주고
밀어주면서 움직이며
삶의 순간들이 고리를 만들어
나를 끌어가고 있습니다.

시침은 유년기의 삶으로
분침은 청년기의 삶으로
초침은 노년기의 삶으로
침의 속도가 인생의 속도입니다.

시계는 제자리로 돌아오는데
시간은 물처럼 흘러가고
계절은 되풀이되는데
머리는 반백이 되어갑니다.

시곗바늘 소리가
나이가 들수록 크게 들리고
소리의 크기만큼
세월은 빨리 흐릅니다.

젊은 날의 소회 / 박상철

어린 시절 엄마와의 이별은
청년의 삶을 굶주리게 했고
끝이 없는 방황 속에서
청개구리의 삶을 살았다

깜깜한 절벽 앞에서
앞이 보이지 않는 희망은
쓰디쓴 인생의 소주잔을 들게 했고
풀리지 않는 숙제처럼 묵직한 돌 하나
가슴을 누르고 있었다

암흑 같은 세월의 틈 사이로
밝은 빛이 나를 깨우고
첫눈이 소복소복 내리던 날
내 안의 설움도 첫눈 속에 녹아내렸다

아버지와 걷던 논둑길을 홀로 걷는다
청개구리의 삶 속에서 방황했던
지나간 청춘은 중년을 부르고
한 여름밤 개골개골 애잔한 소리에
그리운 아버지가 떠올라 울음 운다

제목 : 젊은 날의 소회
시낭송 : 박남숙
스마트폰으로 QR 코드를 스캔하면
시낭송을 감상할 수 있습니다.

텅 빈 마음 / 박상철

아침에 일어나면 마음은 고요한데
하루를 살다 보면 그 속에 먼지들을
가득 안고 밤을 맞이합니다

비우고 비워도 쌓이는 고민을
꿈속에서라도 지우며
욕망의 사슬에서 벗어나기를 꿈꾸지만
내 삶은 언제나 되풀이됩니다

반복되는 일상의 삶 속에서는
희로애락이 존재하고 하루에도
수없이 일어나는 감정을 다스리며
텅 빈 마음으로 살고 싶습니다

새가 하늘을 날 때 흔적을 남기지 않듯이
내 삶 또한 깨끗하기를 바랍니다.
속이 비어 아름다운 소리를 내는 악기처럼
맑은 영혼으로 살고 싶습니다

후반전 / 박상철

달리는 창문을 열고 손등을 내미니
손끝으로 시간의 흐름을 느낍니다
바람의 속도만큼 시간은 흘러가고
삶 속에서 시간은 항상 함께합니다.

인생의 반이 지나가고 있습니다
이제 내 안에 내가 죽고 사랑만 남길 바라며
나를 위한 삶을 살았다면
이제 타인을 위한 삶을 살기를 바랍니다

인생의 속도를 늦추는 것은
하늘을 바라보는 것이며
밤하늘의 별을 바라보는 것이며
아침 산책을 하며 이슬을 바라보는 것입니다

감각들이 점점 내부로 향할 것이고
나를 이끌고 가는 영혼에 집중할 것이며
영원히 함께할 자는 영혼이며
영혼이 사랑과 함께한다면 자유로울 것입니다

눈 덮인 겨울 산 / 박상철

눈 덮인 겨울 산을 홀로 걸어보았습니다
앙상한 가지만 남은 나무의 생존 전쟁 속에
텅 빈 여백이 온 주위를 맴돌고 있으며
새들의 지저귐이 정적을 깨우고 있었습니다

아무도 없는 절대 고독 속에서
내 존재와 만나는 순간이었으며
그곳에서 내 인생을 다시 들여다보았고
내 인생의 8할은 고독 속에서 배웠습니다.

비우고 비워내야 채울 수 있듯이
텅 빈 영혼에서 울려오는 소리를 들어 봅니다.
부르짖는 내 영혼의 소리에 하늘이 알아주고
지나가는 새가 알아주면 그걸로 만족하겠습니다

시인
손해진

사진을 위한 序詩 외 9편

시작이 엊그제 같았는데 벌써 졸업이구나 생각하며
함께 나눈 시간들이 놀랍기만 합니다.
시를 배우고 익혀서 그것을
내 것으로 만들어 가는 일련의 과정 속에
제 자신은 해체와 반복을 거듭하며
육신과도 정신과도 싸워 이겨야 하는 너무나 힘겨운 시간들이었어요.
그 모든 시간들을 한결같은 사랑으로 함께해 주신 교수님과
우리 남겨진 9기 문우님들께 너무 감사하다는 인사를 올리고 싶습니다.
시를 통해 나를 비춰보고 새로 창조해나가는 작업은 참으로 힘겨운 싸움이었습니다.
그리고 한편으론 알지 못했던 세계를 깨닫게 되어 너무 기뻤습니다.
이제 돌이켜보면 그 모든 순간이 행복의 길임을 고백해봅니다
단 한순간도 잊을 수 없을 것 같은 이 고운 길 위에서
저 자신을 다시 돌아보게 해주셔서 다시 한 번 더 감사의 인사를 올립니다.
많은 것을 잃었고 많은 것을 깨달았던 시간
부족한 많은 것들을 깨우쳐 주셔서 감사드리고요
앞으로 이 시간들이 지나고 더욱 터 잡아 글에 대한 배움을 익혀 가려 합니다
모든 날들 행복하시고요 항상 건강하세요.

사진을 위한 序詩 / 손해진

밤낮으로 머릿속을 돌아다니는
수많은 생각의 응집들
사진을 보고 시를 쓰는 일은 녹록지 않은 길임을
시간의 흐름 속에 조금씩 알아 가는
오롯한 구도와 정진
때론 그렇게 수도자의 맘처럼

불현듯 솟아나는 감정의 집합과 발현 속에
고운 꿈을 이뤄가는 길
사진 속의 다양한 삶들을 이해하고
깊은 인내와 연단의 터널을 지나
최고를 향한 진사들의 수천만 번의 셔터를 위해
숭고한 가치를 드높이는 일이다

화려한 인생의 꽃길을 걷는 일엔
얼마나 많은 실수와 고배를 만나게 될까
시어를 고르는 끊임없는 되뇜의 반복
이젠 더 멈출 수도 없는 이 길을 나는
미지에 대한 두려움과 떨림의 소망에 에워싸여
이룰 수 없었던 오늘을 이루며 묵묵히 걸어가고 있다

영원한 인연 / 손해진

소박한 삶을 꿈꾸었어요.
특별할 것 없는 인생에 부뚜막 아궁이에 불 지펴
장작개비 몇 개로 뜨끈한 아랫목 삼고
밤이면 하루의 일과를 돌아보며
정담을 나누는 기쁨의 미소 나날
그대와 나의 고운 삶으로 거듭나기를

밤하늘의 별을 본 듯 반짝이는 웃음 속에 감춰진 사랑
서로에게 아무 해 없이 닿을 듯 말 듯 한 거리에서
고요히 기대선 인연으로 짧지 않은 영원을 바라보며
오래도록 해로의 소망 가슴 가득 품고서
오직 한 곳만을 바라볼 수 있기를

꽃인들 무엇 하며 꽃 아닌들 어떠하겠어요
그대라면 나 또한 아무 잡념 없이
무상의 한 세상 휘이 떨치고
가뭇한 저 하늘의 옷깃을 걸쳐
이승에서의 수많은 인연 속에 헤쳐나가리

고이 간직한 두 마음이 한마음이 되기까지
억겁의 세월을 수놓아 가기를
깊은 골짜기 바위틈에 떨어진 낙엽처럼
아낌없이 베푸는 그런 자비함으로
작은 실개천을 따라 고운 손 꼭 잡고 거니는 그 마음
한평생 성실한 반려의 진실이 되어가기를요

봄꽃, 피다 / 손해진

꽃망울에서 소리가 난다
톡
토 독
톡

오랜 기다림 속
빛들의 알갱이 터지는 소리
토 독
톡
톡

봄, 사랑이 피어난다

아버지의 마음처럼 / 손해진

밭을 가꾼다
농사짓는 일이 좀처럼 어줍잖고 쉬이 되지 않아
고단하고 힘든 나날들
날마다 밭을 갈듯 마음의 성실을 갈고 시간을 간다

주머니 속의 노잣돈이야 무일푼이면 어떠랴
꼬물꼬물 눈에 아른거리는 새끼들이 맘속을 꽉 채워
눈 돌릴 틈도 시간도 주질 않고 해를 거듭할수록
숨이 컥컥 차오르지만
사랑은 다 주어도 아깝지 않고
푸고 또 퍼내어도 조금도 밉지가 않다

하늘이 내린 마음인가
나의 부모도 이런 마음이었을까
열 손가락을 가끔 펼쳐 놓고 수를 헤아려 본다
그중에 가장 아끼는 것도 없이 이젠 다 소중하고
고만고만한 아픔들이 서리어 있다

모두 품고 가야 할 삶의 여정들이 이어진 순간을 달음박질치는
내 두 다리에는
아버지와 똑같은 굵은 힘줄이 어느새 꽉 들어차서 빠져나가질 않는다

지난날
아버지가 그랬듯이 나도 또한 그러하다

공존 / 손해진

생각할수록 알 수 없는 것이
그리 멀지도 가까워지지도 않은 거리에서
적당한 긴장감을 늦추지 않고
늘 지키고 있다

거울 저쪽 편에서 이쪽을 바라보며
쌍둥이 같은 모습으로 그렇게 늘

그 속엔 내가 꿈꾸는 이상이 있고
때론 원하는 것을 이루기도 한다

어쩌다 삶이 좌절되거나
지치는 순간이 찾아오면
다시 일어설 수 있도록
끝없이 도움의 손길을 뻗어주는 반향

내가 어디로 가든 무엇을 하든
늘 함께하며
모든 삶을 이끌어
그토록 바라왔던 모습을 향해
전진의 고삐를 늦추지 않는 정신

내가 꿈꾸는 세상은 언제나
새로운 미지를 갈망하며
또 다른 세계로 안내하는
영원한 반려(伴侶)가 되어 간다

알파와 오메가 / 손해진

태동조차 알 수 없었던 아득한 지난날
만상의 굴레 속에 찾아오는 기회를 안고
끝없이 돌아가는 생의 반복들

창조로부터 분신처럼 따라다닌 추
빛을 다스려 싹을 틔우고 열매를 내었다

절대적 가치 앞에 성실한 삶의 이념은
조각보와 같은 재탄생을 이루었고
흩어져 있던 시간들
한 몸 되어 살기 위한 몸부림은
결코 녹록지가 않다

그러나 이 순간이 행복이다
그것만이 영원한 삶의 축복이자 새로운 시작이기에
거꾸로는 거스를 수 없는 길을
오롯이 앞으로만 간다

시간의 흔적 / 손해진

어린 시절 아버지의 손에 들려져
고향의 중학교와 고등학교의 졸업 여행 때마다
아버지와 함께 학생들의 추억을 담아냈던 너

나의 꿈 많았던 청소년기
수많은 잡지와 스크린 속의 스타들을 탄생시킨 주인공으로
작가와 사진 기자들의 손에서 끊임없이 분주했던 너

나의 이십 대 늘 함께 다니며
어디를 가던 내 분신처럼 품고 다닌 너

어느 순간부터
휴대기기에 꼭 박혀 나와 일체의 삶을 살아가는 너
이제는 내가 쓰고 있는 이 시조차도
네가 없으면 이룰 수 없는 한낱 허상에 불과하다

너는 아직 이루지 못한 나의 삶과 꿈을 향해
새로운 도약으로 우리의 시간을 기록하며
꽃길을 간다

아름다운 동행 / 손해진

죄가 무엇이었을까 고의였을까 과실이었을까
그것이 어떤 것이든 단 한 가지의 언도는 법을 어겼다는 것
그것으로 모든 세상과 분리되어야만 했다

갇혀버린 육체와 그 속에 나뒹구는 정신의 파편들
아무것도 남은 것이 없었다
사랑하는 모든 것들이 다 떠나가 살아온 수많은 날이 산산조각이 났다
모두가 서로 아파야만 했다 너는 너대로 나는 나대로

긴 시간 벽을 거울로 삼아 무념의 세상을 살아온 세월 앞에
누군가 따뜻하게 잡아 줄 손 있으면 좋으련만
안타까운 세상에 들을 귀조차 난무하다

그러한 잠시 새로운 빛이 찾아왔다
굳게 채워진 철창을 열고 들어온 고운 얼굴
그늘진 창가에 햇살 한줄기 환하게 미소 짓는다

이 세대에 새 삶의 날을 위해 마주 잡은 정성이
그늘진 세상과 그 사람을 일으켜 세운다
다음 그다음 세대에도 함께할 봉사의 손길이
법과 질서 위에서 아름답게 수 놓여간다

*마주 잡은 정성 : 한국법무보호복지공단과 그 소속 봉사자들의 노력

아픔이 스쳐 간 자리에 핀 꽃 / 손해진

몸뚱이 잘려나간 나뭇등걸에
살아온 세월의 흔적 겹겹이 감겨
침묵하듯 속울음만 여태 삼켜 서 있다

상처로 얼룩진 지나온 날들
보상받지 못하는 안타까움에
애처로운 마음은 가슴을 쓸어내린다

지우지 못할 그리움은 더께가 되고
생의 고통이 썰물 되어 밀려 나가면
황금의 꽃으로 다시 인생에 피어난다

미지 / 손해진

반짝이는 생의 한 가운데를 지나는 순간
그 모습이 물빛에 어리어 숨을 고른다

남모르는 고통에 허덕일 때도
삶은 멈추지 말라 채찍질하며 고삐를 늦추지 않았고
바짝 죄어오는 긴장감에 숨 돌릴 틈 없이 힘겨운 시간은
때로 야속한 비명을 불러일으켰다

출렁이는 파도 위에 낚싯대 드리워 삶의 노래를 짓고
아침 햇살을 맞이한 수평선 너머의 시간은
한없는 침묵을 끌어내기에 부족함이 없다

끝없는 공간을 채워가는 하루 속에 맞이한 쉼
삶을 잠시 내려놓고 먼데 하얀 미지를 그려 본다

제목 : 미지
시낭송 : 김락호
스마트폰으로 QR 코드를 스캔하면
시낭송을 감상할 수 있습니다.

시인
안영준

사계의 추억 외 9편

폴폴 날려 고인 물 위에 살포시 앉은
송홧가루의 몸부림은 솔바람에 의해
한 폭의 금색 수채화를 그렸다가
지우기를 반복합니다
엊그제는 마른 가지에 가시만 달고
회초리같이 메마른 모습이던 아카시아
나무가 오늘은 만개해
하얀 꽃길을 마구 선사합니다
담장 옆 떨어진 황금 조각 같은
감꽃을 하나둘 실로 꿰어 목에 걸고
꽃반지를 만들었던 추억이 생각나는 계절
아카시아꽃 그늘에 앉아
시원한 아메리카노 찻잔에 입맞춤하며
향기로운 詩香에 젖어보고 싶습니다

사계의 추억 / 안영준

꿈꾸는 가로등 아래
고요와 함께하는 적막한 밤
천상의 선녀들이 백색 드레스를 걸치고
이팝 꽃 위에서 너울춤 추고 날듯이
사이사이 공간을 빼곡히 메꾸고 있습니다

아지랑이 이글대는 오뉴월
뜨거운 햇빛에 메말라 건조해진 마음 한구석을
촉촉한 다홍빛 색깔로 채울 수 있다면
남은 공간은 고운 채색으로 물들어질 것입니다

나는 바람 되어 먹구름 걷고
그대는 만산을 오색으로 찬란하게 물들일 때
우리 사랑의 꽃은 점점 짙어져 가고
석양의 노을도 한층 더 크게 붉어져 갈 것입니다

흐릿한 사계의 추억을
순백의 설경으로 덮인 뽀얀 그림으로 그려진다면
하얗던 여백은 더 하얗게 소복이 채워져
오랫동안 지워지지 않을 것입니다

제목 : 사계의 추억
시낭송 : 박영애
스마트폰으로 QR 코드를 스캔하면
시낭송을 감상할 수 있습니다.

길 / 안영준

자그만 호수가 능수버들 아래
물오리 한 쌍 노 저으며
신선의 길을 함께 갑니다

푸르렀던 갈대는
물가에 몸 담그고 둘이 기대서서
고개 흔들릴 때까지 함께하고 있습니다

작은 보위에 고인 물은 낙하하여
바위에 부딪히고 물거품을 일며
유유히 흘러갑니다

호수가 등나무 꽃향기 맡으며
모여든 벌 나비는
만찬을 즐기려 동행하였나 봅니다

지우고 싶은 삶의 흔적 / 안영준

너와 나 후회 없는 사랑으로
꽃과 나비 같은 아름다운 인연으로
백년가약을 맺어 먼 길을 동행 하였다

사랑스런 너로 인해 나의 삶은
새봄처럼 시작되고 순백의 이팝꽃 아래서
두 손 꼭 잡고 오직 희망으로 환희에 젖었다

그러던 어느 해 오월
너에게 잡벌이 날아들어 마약 같은 침을 놓아
흔들린 네 몸은 상처받은 꽃으로 시들어갔다

잡벌에 마음을 준 네 곁에서 있던 나는
죽음보다 더 많은 아픔과 고통을 느꼈고
이젠 그 슬픈 사랑의 추억은 지우고 싶다

독안(獨眼) / 안영준

외눈박이 너는 가벼운 존재이고
작은 그 속은 검기만 한 줄 알았는데
둥근 눈동자는 은하의 별처럼 반짝인다

초점을 모으고 외눈을 깜박일 때
너의 작은 가슴은 뜨겁게 불타면서
많은 화소를 네 안에 담는다

가끔은 나의 모습을 더 바짝 보려
짧은 모가지를 길게 늘여서 보기도 하고
어느 때는
똥그란 눈을 크게 뜨고
환한 불빛을 비추기도 했다

너는 나를 보려
외눈을 달고 세상 밖으로 나왔구나
너를 향한 나도
한눈을 지그시 감고 윙크를 한다.

요지경 세상에 고함 / 안영준

지하생활 반년 즈음
잠 깨어 밖을 보니 만만치 않은
요지경 세상

흥타령 봄꽃 축제장
나들이 나왔건만 꽃샘에 놀라
오그라드는 전신

위정자들은 네오내오없이 싸움질
부끄러운 줄 모르는 중년의 사내
비루한 마약과 외설스러운 성

요지경 세상에
한과 분노의 목소리로
정신 차리라며 소리쳐 외친다

애저녁부터 시작한
개구리의 피맺힌 절규는
첫새벽까지 한밤을 지새운다

스물네 바퀴의 삶 / 안영준

둥그런 세상
똑딱똑딱 삼 대가 열두 가족과
내리막 오르막 걸어온 길 발자취에
추억이 짙어집니다

둥근 집 정오 열두 가족 생계유지에
한 바퀴 돌아 만나보고
똑딱똑딱 오손도손 모여 살아갑니다

둥그런 세상
째깍째깍 삼 대가 스물넷 가족과
내리막 오르막 걸어온 길 발자취에
사연이 짙어집니다

둥근 집 자정 스물넷 가정 건강 걱정에
두 바퀴 돌아 만나고
째깍째깍 오손도손 모여 살아갑니다

큰놈 똑딱똑딱 행복했던 추억은
들릴 듯 말듯
작은놈 째깍째깍 실음에 한숨 소리는
갈피에 쌓입니다

봄이 오는 소리 / 안영준

칼바람 설한 지난
눈 녹은 자리에
앉은뱅이 냉이 꽃대는
구슬 같은 흰 몽우리를
파르르 떨고 오릅니다

늘다란 담장 사이에
움트는 개나리
보드라운 꽃 노란 옷으로
갈아입었습니다

연분홍 진달래 숲에서
재잘대던 멧새 떼들의
숨바꼭질 율동이
아지랑이로 피어올라
아름다운 풍경이 되었습니다

思父曲(사부곡) / 안영준

확 트인 저수지 수평선 위에
석양 노을 비출 때쯤
적막은 고요를 부르고
긴 모가지 갈대는 바람길을 터줍니다

내 어릴 적
찬밥에 물 말아 허기 달래면서도
터질세라 깨질세라 애지중지하시던
아버지의 사랑이 아련히 떠오릅니다

지금은 불러봐도 대답 없고
두 눈 뜨고도 볼 수 없기에
더욱더 애틋한 그 사랑

이제는 봉분 위에 무성한 잔듸와
초목을 흔들고 지나가는 바람과 벗 삼고
영원한 안식처에서 들려주는 사랑은
그리움의 꽃으로 피어납니다

보문산에서 / 안영준

보문산 기슭 초목에 묻혀
바람 따라 꼬부랑 능선 길
헐떡이며 오릅니다

겨우내 땅속에서 꼼짝 못하고
숨죽여 있던 복수초는
맑은 햇빛 받으며 사르르 일어나
노란 몽우리 기지개를 켭니다

고운 자태 뽐내고 피어난
봄의 전령사 그대에게
노랑 별사탕 같은 사랑 품고
명년에 예쁜 모습으로
다시 만나자는 약속을 합니다

세월호의 상념 / 안영준

여린 몽우리에서 만개한 꿈을
참혹한 세월호에 묻고
싸늘한 바닷물 속에서
고통스러워 하던 마음은
너울 파도에 휩싸였습니다

천진난만하던 보름달은 기울어
이제 다시는 뜰 수가 없고
높이 솟았던 그날의 중천 해는
고통과 회한의 눈물을 흘리며
밝은 빛을 감추었습니다

슬픈 적막을 드리운 절규 앞에서
만신창이가 된 육신은
못다 피운 꿈을 부여안고
하늘 아래 노란 꽃으로 피어있습니다

시인
이경애

오래된 미래 외 9편

나의 소박한 일상을 글로 스케치하였다.

그 일상들 가운데
2019년 봄은 특별한 만남이 있어서 더 행복하였다.

이제 그 보따리를 풀어헤쳐 본다.

형상 없는 시향에 젖어 공감과 위로가 되길 바라며
늘 반복되며 지루한 일상에서
작은 나눔이 되기를 기대해본다.

오래된 미래 / 이경애

꿈꾸던 희망 길
세월 속에 멈추어 버렸다

골동품이 되어버린 너
물안개 속 더듬어 추출하려니
퇴색된 곰팡이와 먼지가 걸림돌 되어
거룩한 부담감으로 고개 숙인다

얼마나 시간이 흘렀을까
고도(孤島)에 홀로 앉아 미래가 울고 있다

월계수 입술에 물고 바닷새 날아와
상념 속에 잠겨 있는 허 한 손 희망 준다.

오래된 미래여 우연이 아닌 필연으로
남은 여정 추썩거리는 우산 걸음일지라도
소박한 풀꽃 만찬 날마다 노래하고 싶다

측은지심(惻隱之心) 2 / 이경애

슬픈 전설을 품고 오롯이 피어난 너와 나는
나지막하게 누른 고단한 아픔이
땅속 울타리까지 닮았다

여린 꽃잎 위에 맺혀있는 이슬방울은
애끓음이 맺혀도 훔쳐내지 못하고
속으로 스며들며 알싸하게 사무친다

해마다 봄이면 늘어가는 촛불에
아비 마음 한없이 슬프다
멀리 있어도 너의 향기는 짙게만 다가오고
되돌릴 수 없는 그리움에 술잔을 기울인다

한잔 술은
못난 아비의 사죄하는 마음의 잔이요
또 한잔 술은
복수 초 꽃잎 터지던 날 태어난 너의 생일 잔이며
또 한잔 술은
아비 가슴속에 평생을 묻고 사는
딸아이에 대한 그리움의 잔이다

석 잔 술에 측은지심 깃들어 진 듯 취하여
오늘따라 복수초가 유난히 비틀거린다.

제목 : 측은지심(惻隱之心) 2
시낭송 : 김혜정
스마트폰으로 QR 코드를 스캔하면
시낭송을 감상할 수 있습니다.

개망초 몽상 / 이경애

봄을 기다리며 세상 가득 꽃받침 세워
계절 담 넘어오던 풀꽃 새싹들을
연탄재 무게 실어 발로 마구 밟았던 시절
가만히 돌이켜 생각을 해보니
나도 똑같은 괴물 본능 인간이었습니다.

겉치레만 사랑한다 어루만진 적 없고
달콤한 알갱이 혀끝으로 적신 적 없는데
모가 난 우정은 너덜너덜 낡고 헤져
계절을 쓰다듬던 여린 마음은
짜깁기 할 여유도 없이 가난했습니다.

세월의 강을 건너 다시 돌아온 봄은
우리의 재회를 그리움으로 재촉하고
이르게 핀 한아름 개망초 꽃 안고서
곱게 수놓은 꽃길 걸어 봅니다

봄날의 미소 / 이경애

산허리 중턱 외마디 소나무
반백의 깃대를 꽂았습니다.

계절의 흔적에 생기 잃은 녹음은
인고 세월 감추기 위해 희망을 덧칠합니다.

한때는 운동화 구겨 신어도 화려했던 추억들
변장한 낮 빛 서먹한 거리감에 주저앉았습니다.

망상에 젖은 감정들 꼬리 물고 뒤척이다
형광등 불빛 일렁이는 인기척에 눈을 뜹니다.

나를 무심히도 닮은 사랑스러운 딸이
개나리 함박 웃음꽃으로 다가와
"엄마가 있어 참 좋아. 아프지 마" 전하고 갑니다.

그 말 한마디에 모든 것을 다 보상받은 듯
딸의 모습 속에서 환하게 웃는 나를 봅니다.

배꼽시계 / 이경애

내 고향 뒷동산에 오르면
할머니의 잔디밭이 있습니다.

조식 걸치신 할머니는 잔디밭에 쪼그리고 앉아
노을 내려앉도록 잔디 씨를 훑습니다.

광목 쌀부대 한 자루 채워지면 주둥이 꽁꽁 묶어
대구약령시 약전 골목으로 가십니다.

잔디 씨는 황금알을 낳은 듯 쌈짓돈 되어
전당포 손목시계 앞에서 멈춥니다.

할머니는 당신의 배꼽시계 굶겨가며
손자 손녀들 손목시계를 장만하셨습니다.

산수책에서 움직이지 않던 시곗바늘들
내 가느다란 손목 위에 재깍재깍 움직입니다.

할머니의 잔디밭은 매년 풍년 일고
손목 위에 초시계도 여전히 움직이는데
내 배꼽시계는 왜 이렇게 허전한지
오늘따라 할머니가 고파 눈물로 허기 달랩니다.

애물단지 / 이경애

디지털 신상 카메라 버튼 누르니
줌이란 놈 동공 초점 맞추어 내 마음 잡아당긴다.

금 모으기 한다는 소문에 장롱 열어
결혼 예물 딸아이 돌 반지 헐값에 카메라를 모셔왔다

계모임 있던 날 친구들의 목과 손가락에
황금빛은 조명발에 더욱 빛나 보이고
집으로 돌아오는 내내 삭제시켜도 접속 불량
바탕화면 집착 모드 정지된 채 눈앞에 계속 뜬다.

장롱 열어보니 지문 덕지덕지 꾀죄죄
디지털카메라 스마트폰 카메라에 밀려
구석기시대 문화 담은 유물 되어있었다.

네이버 창에 명품 금은보석 클릭
브랜드별 이미지 사진만 가득 담아
호시탐탐 지름신이 오시기만 기다리고 있다

개구리 소년들의 애화(哀話) / 이경애

봄이 오는 길목에 개구리 떼 울어대면
검은 머리 백발 되어 풀숲에 주저앉아
목청 쉬도록 꺼이꺼이 울고 있을
이름 모를 얼굴들이 떠올라 숙연해집니다.

이제는 긴 세월 속에 이름조차 희미하여
야속하게 울어대는 개구리울음 서럽고
가물거리는 얼굴 애끓는 마음 다 녹아
단 하루만이라도 함께 하길 염원해 봅니다

그날 무서운 찰나를 놓쳐버린 까닭이
부모 자격 무능한 듯하여 가슴 아프고
통한의 주먹질을 내 가슴에 날려도
검붉은 꽃으로 핀 피멍마저도 미안해집니다.

그날의 소년들은 누가 그랬을까
그들의 영혼이 구천을 떠돌며 울고
해마다 봄에 개구리가 개굴개굴 울 때면
사진 속 웃고 있는 아이가 가슴을 후빕니다.

월급 통장 / 이경애

오늘은 한 달 성적표를 받는 날
꽃보다 돈인지 왠지 모를 기다림으로
입꼬리에 반달이 걸린다

기쁨도 잠시 자동 이체 등수 가리듯
띠링띠링 결제 계좌 이체 소리
한 치의 오차 없는 출금에 괜스레 예민해진다

긴장 속에 정적이 흐르고
뜀박질도 하지 않는 콩닥대는 심장으로
출금과 잔액이 정리돼 나오는 통장을 기다린다

가지런히 열 맞춰 정리된 통장에는
기억에도 없는 사용 흔적만 가득 남긴 채
바닥난 잔액에 한숨은 신용카드로 위로를 얻는다

이 시를 빌려서 / 이경애

잠시나마 너희들을 위해 꿈꾸며
함께 걸어온 길이 행복이었다.

그러나 이제는 왠지 모를 두려움이 엄습하여
끝까지 못 갈 것 같은 불길한 예감은 파도처럼 밀려온다

이런 나를 이해하며 기다려 줄 수 있겠니
미안해

오래 기다리게 하진 않을게
조금만 기다려줘

너와 나 우리 늦더라도
포기만 하지 말고 끝까지 함께 가자

이하 여백 / 이경애

사람들의 마음이 모두 내 마음과 같다면야
상처를 주지도 받지도 않을 텐데
사람의 마음 생김새처럼 다양하게 달라
본의 아니게 상처를 주기도 하고 받기도 하더이다

입안의 혀도 내 이로 물때가 있고
얼굴에 난 뾰루지도
손으로 긁어 상처 낼 때가 있는데
하물며 보이지 않는 타인의 마음 다치게 하는 일
비일비재하더이다

그러나 이제
생각을 한 번만 바꾸어 보면 어떠하오리까

사랑과 갈등 사이 한 점을 남겨두고
이웃의 눈 속에 있는 티
이제는 그만 보면 어떠하신지... .

그것이 초미세먼지여도 말이외다.

시인
이동백

님의 생을 회상하며 외 9편

삶의 여백을 시어로 채워가는 지금이
내 인생에서 가장 좋은 시절인 듯하다.

생각하며 고뇌에 빠져드는, 시를 쓰는 시간은
고통스러운 즐거움이다.
그 즐거움은 온전히 나 자신을 위한 기쁨이자
살아가는 매력의 소산이며 의미이다.

늦었지만 하고 싶은 일을 하며 남은 인생을 즐길 수
있음은 또 다른 행복이리라.

님의 생을 회상하며 / 이동백

허락된 시간이
얼마 남지 않은 님의 병상에서
하얀 밤을 도려내던 날

어둠을 밀쳐내는 님의 뒤척임에
꼭 잡은 두 손의 온기 스며들 때
내 가슴 무너져 목이 메입니다.

마음 편하게 해드리지 못한 불효
너무 늦은 깨달음의 탄식은
갚지 못할 가슴의 빚만 짊어진 채

구 남매 키워낸 삶의 애환
긴 상념으로 더듬는 내 마음속엔
님의 한 없는 정 뼛속 깊이 박힙니다.

첫사랑 여인 / 이동백

찬바람 뒤에 앙증맞은 얼굴 내민
내 마음 흔든 청초한 모습은
그리운 정 잊을 길 없어
이른 마중 나온 내 임 같은 꽃

영원한 행복을 꿈꾸는 설렘은
노란 미소 짓는 애틋함으로
망각 속 꿈을 꾸다 깨어난 듯
따듯한 온기에 엉겨 붙는 몸짓이다.

빛의 옹알이에 눈을 녹이고
수줍은 듯 토라져 숨어있는
내 슬픈 여인 설련화가
임을 맞이하려 윙크를 한다.

아버지의 침묵 / 이동백

어우렁더우렁 구 남매 부양하며
암니옴니 않으시고
침묵으로 지켜만 보시던 아버지

수많은 묵상 속
올망졸망 커가는 자식들의 아우성 들으며
응어리 어떻게 안으로 녹여 냈을까

잠재울 수 없는 가난의 밭이랑을 세면서
워낭소리 따라 운명의 수레바퀴 굴릴 때
당신의 침묵은 가장 좋은 답이었습니다.

그 무언의 세월 속에 영혼을 달래며
긴 어둠 털어낸 선잠 깨기도 전에
너무 일찍 별나라로 떠나신 아버지!

*암니옴니: 자질구레한 일에 대하여 까지 좀스럽게 셈하거나 따지는 모양.

화촉 밝힌 봄날 / 이동백

두메산골 외딴 집의 멍에를 쓰고
아픔이 스며든 헐벗은 가슴은
엄동설한에 갇힌 영혼이 되었다.

겨울 나목에서 뚝뚝 떨어지는 고독을 느낄 때
허전한 마음 달래려는 초라한 눈길
온기로 생기 돌아 꽃피울 날 고대하였다.

남촌의 봄소식 기다리던 어느 날
바람 타고 퍼져나간 간절한 소망은 메아리 되어
꽃 피는 사랑 오가게 되었다.

지게 지고 나무하러 자드락길 오르는
야윈 노총각 입은 귀에 걸리고
복수초 피는 봄
새로운 내 인생의 시작이었다.

예물 시계 / 이동백

바라만 봐도 가슴이 뛰던 시절
성스러운 결혼식을 올리며
예물로 손목시계를 주고받았다

한 울타리에서 부부가 사랑하며 살 듯
손목시계는 인생의 반려자처럼
우리 부부의 손목을 떠나지 않았다

검은 머리 파뿌리 될 때까지
함께 할 줄 알았던 손목시계는
바쁜 일상의 뒤안길로 밀려 났었다

지금은 우리 부부의 머리카락처럼
희끗희끗한 모습으로 서랍에 잠든
사랑의 정표를 보면 가슴 설렌다

매의 눈 / 이동백

과속과 신호위반을 지키는
검고 반짝이는 눈빛을 마주할 때
움칫움칫 몸을 사리며 놀란다

날카롭고 사나운 매의 눈은
어둠 속에서도 먹잇감을 찾아내어
날카로운 발톱으로 힘차게 낚아챈다

안전한 세상을 만드는 파수꾼이 되어
낮과 밤을 가리지 않고 매서운 눈초리로
크고 작은 길에서 오늘도 우리를 지킨다

늦은 깨달음 / 이동백

납작 엎드려 360도를 감시하는
레이더망에 먹잇감이 포착되면
동서남북 어디로든
용수철처럼 튀어 올라 낚아챈다.

높이 멀리 뛰는 재주 부리며
험한 세상 겁 없이 사는 개구리는
올챙이 적 시절 기억 하는지
철들어 때 되면 곡(哭)을 한다.

뭍과 못에서 자유로운 개구리를 보면서
세상 물정 터득하지 못한 주제에
보고 듣고 배우기를 게을리 한
내가 바로 우물 안 개구리였다.

시비(詩碑) / 이동백

등단이라는 황홀한 멍에를 쓰고
톡 톡 튀는 시어를 낚아 올릴 때
가물거리는 풍경은 안개 속으로 사라져
꿈속에서 헤매고 있었다.

유랑하는 내 영혼의 허기를 채우려
"대한창작문예대학"에서 공부하며
눈물 나도록 힘겨운 고뇌에 빠져있을 때
명강의와 지도에 가슴 찡한 기쁨을 맛본다.

세월의 긴 강을 건너는 한 시점에서
절반도 담아내지 못하는 글을 빌려
내 인생의 발자취를 돌에 새겨
지워지지 않는 흔적으로 남기고 싶다.

짧은 만남 긴 여운 / 이동백

내 안에 잠자는 생각을 깨우기 위해
설렘으로 가슴을 데우고
배움의 전당에서 만난 우리
같은 곳을 바라보며
함께 걷는 길이 행복하다.

향기를 풍기는 시어를 잡으러
꽃 위를 맴도는 나비가 되어
잊어버린 꿈 찾아 젖은 마음 내려놓고
숨은 보물을 찾으려 날아다닌다.

때론, 짜릿한 시어에 감염되어
은밀한 기쁨을 엿보기도 하고
꿈을 엮어 영혼의 집을 짓기 위해
색과 향이 다른 꽃 활짝 피워
삶의 갈증 채우려 손에 손잡고 걷는다.

제목 : 짧은 만남 긴 여운
시낭송 : 김혜정
스마트폰으로 QR 코드를 스캔하면
시낭송을 감상할 수 있습니다.

하얀 바람 / 이동백

내 영혼의 빈터에 생각의 씨앗을 심어
마음에서 일어나는 시어를 찾아
행간 속에 채울 수만 있다면
욕심 없는 삶이라도 좋겠다

벗어날 수 없는 욕망의 그릇을 비우고
내 가슴의 문을 활짝 열어
헤아릴 수 없는 미묘한 뜻
소리 없는 마음으로 담아보고 싶다

지나온 삶의 남루함은 묻어둔 채
노을이 물드는 창가에 앉아
미완성의 그림을 그리며
한가로움을 훔치는 풍류객이고 싶다.

시인
이명희

어린 시절의 추억 외 9편

멀리 왕래하면서 힘들었던 6개월이 벌써 지나고
5월의 신록의 여유로운 시간이 늘 모자라서
힘들었던 시간이 아련히 떠오릅니다.

시인의 길이 황홀하지만 않았습니다.
봄이 왔다가 여름으로 시작된 시인의 길은
바람 소리처럼 때론 빗소리처럼
모든 사물을 보면서 리듬 있는 시적으로
표현하기란 너무 어려웠습니다.

시작이 반이라면 벌써 석별의 시간이 가까워지고 있습니다.
이젠, 세상 밖으로 홀로서기라는 외로운 외줄타기 시인의 길만 남았습니다.
또한 독자의 가슴을 울리는 시인이 되려면 늘 노력이란 과제가 남았습니다.

보다 지향적인 독보적인 개성으로 창작의 길을 걸어가겠습니다.
너무나 감사하며 잊지 않겠습니다.

어린 시절의 추억 / 이명희

찢어지게 가난한 시절
소녀는 우는 갓난아기를 안고 어릅니다.
울다가 지친 아기는 새근새근 잠이 들고
날마다 병아리 똥을 싸며 말라갔습니다.

갓난 동생을 등에 업고 집을 나서
동생을 살려달라고 엉엉 울었습니다.
개구리를 백숙이 약이라고 알려주어
논밭으로 나가 개구리를 잡았습니다.

개구리 뒷다리와 찹쌀을 푹 과서
갓난 동생에게 정성껏 먹였습니다.
설사도 멈추고 토실토실 살이 올라
예쁘고 건강하게 자랐습니다.

지금도 눈 감으면 떠오르는 추억
갓난아기도 울고 어린 소녀도 웁니다.
비가 내리고 하천물이 흐를 때면
개구리들도 밤새도록 슬프게 웁니다.

어머니의 주름살 / 이명희

배고픈 보릿고개를 넘던 그 시절
우리 육 남매를 곱게 길러주신
연예인보다 곱던 우리 어머니

올해 구순(九旬)을 맞이하시는
어머니의 머리엔 서리가 내리고
주름살이 나이테처럼 깊게 패었다

출가하며 곁을 떠날 때 헛헛한 마음은
살아오는 내내 미안함으로 가득하여
항상 마음의 빚으로 쌓여만 갔다

어머니의 삶의 흔적을 수놓은 주름살이
세상의 어떤 꽃들보다도 아름다운 지금
어머니 앞에서 마냥 어리광을 부리고 싶다

봄의 축제 / 이명희

봄이 오는 소리가
남풍을 타고 따뜻하게 들려온다.

바람에 그 열기로
산천초목 연둣빛 이파리에
봄비가 젖어 싱글벙글 미소 지으며

봄을 알리는 꽃들은 앞다투어
대지 위에서 알록달록 생명을
잉태하는 축제 한마당을 벌인다.

아름다운 봄의 화원에서
서로를 축복하는 행진곡 속에서
어느새 내 마음도 봄길을 걷는다.

아버지 유달산 / 이명희

섬에서 여객선을 타고
목포까지 오는 동안 아버지를
만날 생각에 마음이 앞선다.

유달산 따라 돌고 돌아
시민극장 앞에 다다르면 아버지
아무 말 없이 내 손을 잡고 집을 나선다.

도시의 불빛은 찬란하게 반짝이고
골목마다 늘어선 먹거리들은 내
입맛을 자극한다.

언제나 미소 띤 얼굴로
예쁜 원피스를 사주던
아버지가 그리운 오늘이다.

부엉이 우는 밤 / 이명희

산골짜기를 헤매며
불빛을 찾아온 찬 바람이
창문을 흔드는 밤

오 남매들의
제각기 조잘거림은
정겹기만 했다

할머니 옛날이야기에
상상의 나래는 동화 속으로
펼쳐 놓는 밤

어버이 품 같은 따뜻한
온돌방은
하루의 고단함을
녹아냈었다

뒷산 부엉이는 울음소리
처량한 자장가로
여태껏 귓가에 머문다

별 그리고 내 사랑 / 이명희

보고 싶어서 별을 보면
더 간절한 마음으로 별을
바라다봅니다

휘영청 보름달 밝은 달밤
임 그림자처럼 덩그러니
나만 따라오는 달그림자여!

졸고 있는 가로등도
한 줄기 빛으로 그리움만 더해가고
애타고 가까이 가고 싶은 이 마음

달그림자처럼
상념의 젖어 잠들어본 밤
한 줄기 지나간 바람 같은 나의 사람

시선을 사로잡게 하는 그대는
불나방 같은 신세로 긴긴 편지를 썼다가 지우고
언제나 나보다 그대를 더 위한 배려로
이 마음 멍이 들고 까맣게 타다가
가슴에 눈물로 긴 편지를
그대에게 전합니다

오늘 밤은 꿈속에서라도
만나고 싶은 나의 사랑이여
그대 얼굴 두 손으로 만지고 싶어요

제목 : 별 그리고 내 사랑
시낭송 : 박영애
스마트폰으로 QR 코드를 스캔하면
시낭송을 감상할 수 있습니다.

봄바람 / 이명희

바람은 말을 한다
내 가슴의 불꽃처럼 달구는
모닥불을 일으키고 오랜 세월

잠재우던 주먹만 한 응어리가
파도처럼 밀려와
겉도는 건 웬일일까요

여자로서 아닌 가장으로
살았던 어느 날 여자에 본성으로
돌아왔다

설레이는 내 마음 얼굴 붉히면
웃음 짓는 내 모습이 천성의
여자로 살았던 것을

예쁜 옷을 꺼내 놓고 어느 것을
입을까 망설이면 거울 앞에서
포즈를 취해본다

개나리 꽃잎에 앉아 있는
나비처럼 어느 사이에 훔쳐보는
내 마음은 어쩌면 좋을까요

복수초 / 이명희

바람이 불고 하얀 눈이
내려도 이대로 있겠어요
하루, 이틀이 지나도

눈보라가 휘날려도
죽을힘을 다하여 그대만을
기다리겠어요

목구멍까지 차오르고
파르르 떨리는 바람!
봄 햇살 좋은 날 그대 만날 거예요

이젠. 날 지켜주세요
봄비를 맞으면 숲으로 가요
그대여! 이젠, 내 손을 놓지 말아요

그리움 / 이명희

하늘빛 고운 날
가슴에 그리움을 안고
그대를 찾아 길 떠납니다.

삭풍이 불고 잔설이 내려도
낙엽 덤불 헤치고 함초롬히
고개 내미는 그대

봄바람의 실려 온 소식은
내 마음 하염없이 흔들고
수줍은 향기 속에
노란 사랑을 피워둡니다.

외로운 동행 / 이명희

당신이 그저 말없이
강 건너 불구경하는 사람처럼
있어만 주셔도 감사합니다

날마다 집을 지켜 주시고
새벽이며 밥 지신 그 모습을
조용히 지켜봅니다

언젠가 몰래 주신 몇 푼
안 되는 돈이지만 요긴하게
쓸 수 있어서 좋았습니다

그저 묵묵히 나의 곁에서
힘이 되어 주시니
이렇게 사는 것도 다행입니다

외로운 여정 일지라도
노래를 부르면서
집으로 가는 꿈을 꾸겠습니다.

시인
이순예

아름다움에 대하여 외 9편

어제 잠든 아름다운 말들이
내 안에서, 등나무처럼 자란 줄 몰랐습니다
아버지가 심어 놓은 따뜻한 말
동무가 심어 놓은 아기자기한 말
아직은 가늘게라도 숨 쉬고 있기에
남겨진 사랑을 남김없이 쏟아
새롭게 살아나기를
반딧불만큼이지만 온기 있는 글로라도
남겨지길 바라며
내 지난했던 사랑의 마음을 남겨봅니다

아름다움에 대하여 / 이순예

눈물을 안아줘야 하기에
길들어진 맛 찾지 않았습니다
수없이 지는 별을 바라보며
그들의 혼을 위로했습니다

세상사 오감의 술잔 기울이며
이 맛 저 맛에 곁들여 살아지고
풀벌레 슬픔 이슬이 감싸주듯
어우르며 살아야죠

인간사 허무하다 하지 말자
희로애락 적당히 안아가며
비움으로 기다려 보리라
종내 해답은 내 안에 있음에

성실한 삶 조금 느긋이
내 사전에 적어야 할 숙제
내일은 준비하는 이의 것
또렷또렷 적어야겠습니다

제목 : 아름다움에 대하여
시낭송 : 김락호
스마트폰으로 QR 코드를 스캔하면
시낭송을 감상할 수 있습니다.

끈 / 이순예

당신의 사랑은 마르지 않는 강물인가요?
눈물로 보낸 두 해
때때로 꿈길로 오셔서 건네시던 말씀
"영원한 이별은 없단다
가족들 곁에서 늘 숨 쉬고 있지"

꿈에 당신을 뵙는 날에는 엄마에게 소홀했을 때입니다
평생 꾸지람이 없으셨기에 가만히 서 계시다 가셨죠
말하지 않으셔도 압니다
당신의 반쪽 사랑
제 안위와 고독을 달래 주려고 오셨다는 것을

한 떨기 백합의 마음으로
당신의 여인 자주 찾아뵙겠습니다
용문산 중턱 정갈한 한정식집 맛난 점심 뒤
산책길 들른 작고 아담한 카페
모녀의 다정한 담소에 흐뭇한 당신의 웃음 보입니다

온 풍경이 당신의 자화상으로 하얗게 그려진 날
어머니와 딸의 시선이 멈춘 곳
당신의 빈 의자입니다
마음이나 가슴은 혹여 당신을 놓칠 때 있더라도
영혼은 당신을 기억하겠습니다

봄비 / 이순예

고이 잠자는 씨앗
되작되작 깨우는 일비
반가운 맘에 고개 쏙 내미며
얼른 목축이고 새싹 틔우네

구름 새로 얼굴 내민 햇님 친구
해맑게 봉싯거리며 반겨 주고
살바람 친구도 흐뭇한 환영 인사
들녘 개구쟁이들 두 팔 들어 반기네

온 세상 빛이어라
어연번듯 피어 보답하리라
그대 다희 될 친구들이어라

소녀의 기도 / 이순예

이른 아침 뒷동산 산책길에 만난
다람쥐들 활발한 모습에
고향 동무들이 그리워집니다

숫접은 소녀는 친구들과 뒷동산에 올라
노래 경연 대회를 합니다
열렬한 응원에 받은 상장과 자그마한
메모지 상품

때 묻지 않은 환희로 그리는 꿈
사계절 환상을 거니는 소녀는
비와 눈 내리는 풍경에도
떨어져 뒹구는 잎, 다소곳한 꽃들과
벌 나비 나붓나붓 춤에도
이유 모를 눈물을 흘립니다

아담한 교실 풍경이 보입니다
창밖 엄마 찾는 아기 참새
여린 날갯짓 가여워 눈물 떨구는 소녀
시를 모르지만
가슴 뜨거운 노래를 부릅니다

아름다운 글로 노래하고 싶다는 아이
순수한 감성의 수채화 완성 못해도
멈춤 없는 붓질로 중년 앞에 서서 약속의
채색을 합니다

시곗바늘 인생 / 이순예

누군가 내게 길을 물어 온다면
묵묵부답하리
길 위에 서서
너나 나나 방황하긴 마찬가지

또 내게 꿈꾸는 방향이 있느냐
물어 온다면
뜨겁게 저 넓은 광야를
초침과 분침 따라 걸으리

설명문이 아닌 삶
묻지도 결론 내리지도 않으리
느낌 따라 살아가는 것
신명 나는 일이지 않은가

우리는 시침 따르는 여행자
돌아보지 않는 해안의 진리
여유로운 흐름으로
물길 걷듯이 순번을 지키리

발길이 머무는 곳 / 이순예

한기가 떠날 채비를 하는 삼월의 밤
산토리니 종탑 아래에서
춘천의 야경을 보다 만난
작은 십자가 하나

소원을 말해보라 합니다
표현이 서툰 나는
그냥 내 마음을 찍어가라 합니다
그도 나와 같기를 바라며

차가운 공기는 계속 나를 휘젓지만
나는 풍경 하나를 놓칠 수 없어
연신 셔터를 누릅니다.
찰칵 찰칵

눈에, 머리에, 가슴에
그를 담았습니다

봄날의 수채화 / 이순예

햇살 기지개 켜는 들에서
봄나물을 캡니다

상큼한 향기, 둥둥인 설렘까지
바구니 가득 안고 돌아와
준비하는 점심

씀바귀 겉절이, 새콤달콤한 달래무침,
그가 좋아하는 냉이된장찌개도 끓였습니다

화등잔만한 눈으로, 취한 듯 앉은 그이가
엄지 척을 하더니, 이제는
말 시키지 말라며 손사래까지 칩니다.

실바람 늘 하던 말이, 이제야 들립니다
행복은 작은 사랑을 먹고 자라는 것이라고

당신에게 / 이순예

빛바랜 편지지처럼 나날이 기억력은
가물가물해져 가도 그대는 여전히 또렷이 떠오릅니다

내 인생 최고의 편지는 흑백사진 속 그대입니다
그저 함께라는 이유 하나로도 가없이 차오르는 그득한 마음

늘처럼 길이 끝나는 막다른 골목에 다다르면
눈부실 새로운 길이 도래함을 믿습니다

양보 / 이순예

닭볶음을 먹다 떨어뜨린
젓가락을 주우려다가
거칠은 그의 발을 보았습니다.

울컥한 눈 당황스러워
고개 들지 못하고
주방으로 달려가 수도를 틀었습니다.

군살에 자취도 없는
저 검은 발
살 붙을 겨를도 없이 뛰느라
맨발이 된 그를 살피지도 않고
사치가 부족하다 불평만 늘어놓으며
살아온 것이 미안해집니다.

가야 할 길은 아직도 멀기에
이제는 내가 닭다리를 챙겨 거둬야 함을 아는데
한사코 거부하며
배부르다 생선은 머리가 맛있다 하시던
아버지처럼 가시고기가 된
그를 이제야 봅니다.

여행 / 이순예

이른 아침 강릉 가는 열차를 탔습니다

차창 밖 봄은 싱그러운 향내를 풍기고
따스한 햇살은
여자의 일생의 나이테를 그립니다

어둠에 갇힌 자신을 알지 못한 채
초점 잃은 고양이로 먼 산만 바라보다
어린 눈망울로 삼킨 속울음
글썽이는 가슴
파도에 씻기고
소소리바람에 기대 걷습니다

잘 살아왔어
갈매기 합창에
흥얼 노래도 부릅니다

지평선 넘어 미지의 세계 꿈꾸다
인생 별거 없더라
훌훌 털고
듬성듬성 별들이 마실 나온 시각
미완의 여백이 곧 인생인 것을
채우지 못한 삶을 남겨두고 돌아옵니다

시인
이은주

바다 너머 수평선 외 9편

내 마음은 마를 줄 모르는 그리움의 바다
비로소 詩에게로 마음의 닻을 내린 나는
텅 빈듯한 적요가 더욱 부추기는 밤을 이고 앉아
공백 지대에서 차츰 의식이 되살아나듯
푸석하던 감정의 결들 사이로
촉촉한 언어들을 밀어 넣음으로
흑백이던 내 삶에
여러 가지 색깔을 입혀주고 있는 詩.

　　　　　〈밤에 쓰는 시〉 중에서

바다 너머 수평선 / 이은주

한 계절의 바람과 하늘은
물의 기억들을
고스란히 파도에 묶어
바다 위에 남긴다

한 생의 기쁨과 슬픔
사유의 기억들은
고스란히 세월에 엮인 채
생애 위에 남아 있다

누구에게도 호의적이지 않던 삶의 파도가
남아있던 내 생의 바다에 밀려오고 밀려가다
거세어진 고뇌의 파고에 부서지며 흩어진다

바다 너머 수평선 자락에 닿은 시선
바다는 보지 않고
파도만 보며 살아온 삶이
모래알갱이처럼 손가락 사이로 빠져 나간다

쉼으로 피는 봄 / 이은주

결코 직선일 수 없는
굴곡진 삶의 얼어붙은 숲속 어디쯤

겨우내
바이올린 현처럼 팽팽하게 조여진
세포들의 하얀 통증 같은 눈을 밀어내고
갇혀있던 봄이 보르르 피어났다

낮 동안 저마다의 모양과 색으로 존재하다가
노을 앞에서 하나의 검은 실루엣으로 물들어
쉼을 부르듯이

얼음처럼 수 없는 금을 그으며 갈라졌던 가슴속
울타리 쳐진 각각의 경계선들이
노오란 봄 앞에서 모두 사라지고
비로소 쉼에 다다른다

다시 피어오른 너 / 이은주

겨울을 등 뒤로 하고 달리는 데도
한없이 겨울 속으로 빨려 들어가
끝내는 잿빛 황량함에 묻혀
삶이 모래성처럼 무너지던 어느 날,

너는 힘찬 색채들로 가득 차올라
격렬함을 견디지 못하고
찬란한 빛으로 분출되어
형형색색의 꽃을 터뜨렸다.

민들레 한 송이 홀로의 삶도
목련 한 그루 여럿의 삶도
가슴에 담고 보면 다 기꺼운 법.

미지의 별에 영혼을 나눠주듯
다시 피어오른 봄, 너에게
한 웅큼 별 가루 같은 바람을 심으며
비로소 맑은 물방울처럼
환한 웃음을 되찾는 나.

연민 / 이은주

당신 발이 아닌 엄마의 발로 걸어 온 인생
그 발이 되어준 엄마가 떠나자
바닷바람에 오래 마른 생선처럼
몸의 부피를 줄이고
외로움의 무게를 키운 아버지

여든다섯 주름만큼 겹겹의 지혜도
연륜만큼 깊어진 성숙함도 없는 텅 빈 늙음
철저히 홀로 견딜 수밖에 없는
노쇠한 육신의 고통이
아버지의 얼굴에 화난 얼룩을 남긴다

평생을 당신 자신만 위해 살아오느라
훈련되지 않은
더불어 사는 삶이 버거워도
아내가 아닌 딸이기에
곁눈질로 생존법을 배우고 있는 아버지

당산나무 앞에 차곡차곡 쌓여 진 돌탑처럼
아버지의 삶이 내 가슴에 쌓여가면서
물에 뜬 기름처럼
응어리진 마음과 가련함이 엉기고 섞여
가슴에 별난 무늬를 만들어 낸다

아! 슬픔은 언제나 가슴으로 스며든다.

제목 : 연민
시낭송 : 김락호
스마트폰으로 QR 코드를 스캔하면
시낭송을 감상할 수 있습니다.

파종 / 이은주

온통 푸른빛으로 젖었던 세월은
시계추 따라 낡아 빛이 바래고
출구가 차단된 욕망들은
우물 안에 던져진 돌멩이처럼
가슴 속에 쌓여 갔다

슬픔이 바람처럼 몸을 뚫고 지나갈 때도
외로움이 햇살처럼 어깨로 쏟아질 때도
삶의 제약들과 뒤엉켜 버리지 못한 꿈은
믹서 되어 돌아가고 있었다

마침내, 번뇌가 깊어진 생명들이
폭죽처럼 터져 나오는 봄
얼어붙은 마음을 뒤집어 밭을 갈고
감성의 씨앗을 마음속 깊이 묻어본다

버팀 돌 / 이은주

일생이 동터 오르던 여명기에
정표로 주고받은 손목시계의
힘차게 돌아가던 시곗바늘처럼
피는 신선했고 무한량의 행복이
모래알처럼 퇴적되어 가던 삶

볏 가을을 마친 해거름 녘
화장대 서랍 속 낡은 손목시계
재 속에 파묻힌 불씨처럼 잊혀져가고
마모되는 톱니바퀴의 생 위로
숱한 사연들이 쌓여가지만
소모되고 채워지는 단조로운 일상은
달이 기울면 다시 차오르듯이
일말의 흔적을 남긴다

헤아릴 수 없는 반복의 권태 속에서
삶의 이면으로 끼어드는 깊은 고뇌는
둥근 달의 단면을 보고 있으면서
전부를 보는 듯 때로 위로가 되고
평생 달의 다른 면을 보지 못하듯이
서로의 내면을 이해 못 해 상처를 주곤 하는
손목시계의 언약인 가족이라는 굴레는
벗어날 수 없는 족쇄이자 살아가는 이유이며
다시 일어설 수 있는 버팀 돌이 된다.

소망 / 이은주

당신은 언제나 고독과 아픔 속에서
나의 존재감을 확인하려 합니다
네모난 몸속에 고여 있던 눅눅한 습기들이
당신의 손가락 사이로 빠져나가던 날
미루나무 꼭대기에 걸린 몇 남지 않은 이파리들이
파들거리며 몸을 뒤집는 순간을 포착합니다

나는 살아있는 것들의 아픔을
홀로 기억하는 천형을 지닌 것처럼
무채색의 고통을 동그란 외눈을 통해
가슴에 담습니다

차가운 불처럼 셔터를 누르는 손가락은
아무런 움직임 없이 멈추고
당신의 외로움을 반사하는 검은 눈동자에는
미세한 잔금이 가고 찰칵 소리를 내며 깨집니다

까실까실한 바람이 부는 날
수면을 지나온 무한한 빛의 굴절은
영혼과 맞닿은 기억 속에 묻어 두고
내 삶의 조리개는 만화경의 색채무늬처럼
찬란하게 쏟아지는 빛 속에 담고 싶습니다

도약 / 이은주

살아온 만큼의 시간 끝에 앞발을 디디고
슬픔이 몸 안을 돌아다니며 두드리지 못하도록
울음주머니를 부풀려
시원하게 울어버리자는 의지가 개입할 겨를도 없이
서슴없이 남은 뒷발을 허공으로 내딛는다

아직 살아보지 않은 우물 밖의 시간 속으로.

작은 세상 / 이은주

누구 하나 반짝이지 않는 아이는 없다

교실 구석구석에 봄 햇살을 받은 벚꽃처럼
하얀 웃음을 퐁퐁 터뜨리는 아이들

창가에서 머뭇대던 어둠이 복도를 타고 들어와
교실 허리를 쓰윽 휘감고 나면
아이들이 서둘러 떠난 자리
그 수만큼의 책상이 껴안은 아이들의 작은 세상

가식 없는 맨얼굴처럼 적나라한 짧은 낙서들
음료수 얼룩에 일그러진 행복 조각들
뒹구는 과자봉지들이 바스락거리며 내뱉는
시험에 눌린 한숨 소리

칠판 가득 채운 남의 나라 문법이
오늘을 사는 아이들에게는
어떤 흔적으로 남을까

당신 / 이은주

짙은 어둠처럼 내려앉은 우리의 삶을
함께 견뎌내느라 묵묵한 예민함으로
처진 어깨를 감싸며 보폭을 맞춰주는 당신

푸서릿길에서도 머뭇거리지 않고
눈가리개를 한 노새처럼 한길만을 향해
곁을 지키며 일정한 보폭을 맞춰주는 당신

오도 가도 못하는 사막에서 신기루를 좇던 나에게
작고 미묘한 일상의 균열들에 집중하도록
기진한 나를 일으켜 지나온 길을 보여준 당신

바작바작 소리를 내며 타들어 가던 열정이
삶의 기억 속으로 사라지는 사이에
봄바람처럼 소리 없이 당도해 있던 사랑은 당신

당신의 따뜻한 손을 잡고 같은 보폭으로 걸어왔기에
고비마다 마음속 깊이 자리한 삶의 옹이에서도
싹을 틔우고 꽃을 피우리라는 소망이 마르지 않으리

시인
이의자

봄의 태동 외 9편

봄의 향기로 만인의 가슴을 어루만져 준다면
시는 인생 낙원의 꽃이라 할 수 있습니다

젊을 땐 몰랐던 인생 고뇌를
중년이 된 지금
우리들의 가슴을
치유할 수 있는 건
오로지 한 알의 밀알처럼
한. 자 한. 자를 꿰매어 보석처럼
빛나는 시의 판도라를 만들고 싶습니다

힘겨운 삶의 터널을 지나 황혼의 무지갯빛으로 아름다운 시를 노래하여
만인이 치유될 수 있는 쉼터가 되어
행복을 나눌 수 있는 시인이고 싶습니다.

봄의 태동 / 이의자

촉촉이 내리는 봄비 속으로
얼었던 땅도 기지개를 켜고
태동하듯 숨바꼭질합니다

강가엔 곱게 피어오른 버들강아지
앙증맞은 종달새 노랫소리
흐르는 강물의 화음

땅속의 울려 퍼지는 흔들림
잠자던 개구리도 양 볼 부풀며
목청껏 봄을 알립니다

봄의 향연으로
귓전에 울려 퍼지는 새로운 탄생
자유로움을 만끽하는 삶의 보금자리
나의 시작입니다.

향기로 머문 자리 / 이의자

별들이 뛰놀던 앞뜰에
고즈넉이 내려앉은 틈새로
쫑긋이 솟아오른 한 송이 꽃처럼

화창한 봄 따스한 아침 햇살에
꽃들의 정다운 속삭임에 초점을 맞춰
행복의 바이러스를 뿜는다

바라만 봐도 미소 띤 얼굴에
귀여운 손짓과 하트를 그리며
행복한 공간 외눈박이 속으로 온점을 찍고

아름다운 향기를 놓칠까 봐
쉼 없이 찰칵찰칵하는 순간
향기를 머금은 넌 내 추억의 보따리.

작은 거인 / 이의자

젊음을 불사르며 살아온 세상
나는 삶의 뒤안길을 걸어가는데
너는 거침없이 내딛는 당당한 모습

철없이 흘려보낸 어린 시절부터
귀밑머리가 하얘진 오늘까지도
한 치의 흐트러짐도 없이 걷는 너

작은 원(圓) 안에서
짜증 한번 없이 제 자리를
뚜벅이처럼 뚜벅뚜벅 걷는 너

손목에서 집안에서 종일 조잘대며
지친 나를 웃음 짓게 하는 삶의 친구
내게 힘을 주는 작은 거인 시계.

나와의 약속 / 이의자

지천명을 지나 이순을 향하며
잠시 걸음을 멈추고 돌아보니
낯선 한 여인이 서 있다

아름답고 넉넉하지는 않았지만
세파에 부딪히며 가족만을 위해
앞만 보고 걸어온 여인의 모습

앞으로 걷는 길은 나를 위해
여유롭게 봄꽃도 구경하며
바람 따라 하늘을 새처럼 날고 싶다.

설원의 봄 향기 / 이의자

긴긴 겨울 눈보라와 칼바람 사이 뚫고
의연한 자태로 언 땅 비집고
새 생명의 신비로 밀어 올린 가녀린 꽃봉오리

봄의 전령사 되려 인고의 세월 견디며
오롯이 내민 너의 입술
슬픈 기억 다 씻긴 듯 노란 옷맵시로 단장하여
풋풋한 미소로 임 마중하네

설원 속에 핀 아름다운 꽃이여
그대 이름은 복수초.

아버지란 이름으로 / 이의자

세상 모든 짐은 당신의
든든한 등에 있었습니다

세상을 여는 따뜻한 봄 향기에
당신의 마음이 젖어 있답니다

구슬처럼 흐르는
당신의 땀방울이 있습니다

곡식이 익는 들녘엔 새벽부터 분주한
당신의 노고에 기쁨의 결실이 있습니다

머리에 흰서리가 내리듯
겨울날 처마 밑엔 내년을 준비하는
당신의 상념이 있습니다

당신의 손에 박힌 굳은 살 속엔
자식들 생각 애틋함이 묻어있고
눈 속엔 비친 세월의
따스한 온기가 맺혀 있답니다

당신의 넉살 좋은 미소와 든든함이
우리를 지켜내시고 항상 우리들 뒤에 서서
세상을 헤쳐나갈 수 있게 용기를 주셨던 당신
세상의 버팀목이요
한가정의 든든한 울타리이며
근심걱정 짊어지신 분이요
저의 아버지였답니다

지금은 먼 하늘나라에 계시지만
항상 자식들의 행복을 지켜주시는
우리의 빛나는 별이랍니다.

비우면 채울 수 있을까 / 이의자

하염없이 내리는 빗속
창가엔 몽글몽글 맺히며 떨어지는
구슬방울을 본다.

사방이 확 트인 어느 모퉁이
평온한 저 넓은 푸른 물결은
너울대며 밀려와 바위와 부딪친다.

긴 세월 지나
삶이 삭풍에 메말라 날지라도
부서지는 파도는 되지 말자
공허한 마음은 다짐을 비웃지만
오늘은 비움으로 한끼를 때운다.

숲속의 향기 / 이의자

온 대지가 꿈틀거리며 태동을 하듯
새싹을 밀어 올려 세상을 여는
따스한 봄 향기

가지마다 방긋방긋 솟아오르니
첫사랑을 만난 듯 뛰는 가슴
수줍은 햇살 속으로 빙그레 미소짓는다

아른아른 피어오르는 아지랑이 사이로
노래하는 새들의 합창
산골짝마다 연분홍빛 물들이고
일렁이는 바람결에 그윽한 향기로 가득하다

보드라운 꽃내음으로
흐르는 계곡물도 동요되어
오롯이 설렘으로 수채화를 그린다.

화려한 외출 / 이의자

뜨거운 열정
아무 기약 없이 다가와
가슴을 파고 스며들었지

그리움이었을까
다가오는 날갯짓에 내 마음 풀어헤치고
공조하며 행복했었지

석양빛에 물든 황홀함
그저 반짝이는 눈동자에 고독인 줄 모르고
허우적대며 몸부림치고 허공만 바라보았지

곪아 터진 그때의 상처 홀로 서서
내면 깊숙이 성을 쌓아
현실 앞에 선 해맑은 웃음으로

이별을 고한 뒤 흔적을 남기고
허허로움을 달래며
저 태양을 향해 걸어갑니다.

제목 : 화려한 외출
시낭송 : 박영애
스마트폰으로 QR 코드를 스캔하면
시낭송을 감상할 수 있습니다.

오늘도 / 이의자

한순간도 쉴 새 없이
들녘에서 구부려 있는 당신 모습이
재잘거리는 새들의 노랫소리에
허리를 펴고 여유를 부릴까 하여
오늘도 하늘을 봅니다

스쳐 지나는 나그네들 속에서
희뿌연 담배 연기 한 모금으로
구름 꽃을 피우며
쉼이 있는 뜨락으로 오실까
오늘도 그대를 기다립니다

세월 속에 꿈꿔왔던 약속
앞만 바라보고 달려왔음에
돌아볼 수 있는 시간을
같이 나누는 우리가 되기를
오늘도 기도합니다

해 질 무렵이면
당당했던 모습 위에 노을을 짊어지고
힘겨움을 미소 속에 감추며
들어서는 당신의 어깨를 토닥이며
오늘도 나는 기도합니다

시인
임수현

봄! 또 봄 외 9편

어제와 오늘 틈새에서
피어나는 꽃들은 시들어가고
눈꺼풀 위로 차곡차곡 쌓이던 시어
부시시 낙엽 되어 부서지면
나의 흐린 기억 속에
다시 돌아오지 못할 먼 훗날
야금야금 꺼내먹을 무우짱아지를 만듭니다.

배움의 길을 찾아 나섰던 이 순간도
잘 숙성되어 깊은 맛이 나길 바라며
이런 배움터를 만들어주신
대한문인협회 김락호 이사장님 이하 관계자분들께 감사드립니다.

9기 동기님들 함께한 좋은 시간과
귀한 인연도 오래 간직하겠습니다
앞날에 영광을 기원합니다.

봄! 또 봄 / 임수현

꿈속에서나 보았을까
눈 속에 묻힌 연약한 네 모습
살랑거리는 봄바람이
수줍어 고개 숙인 너를 부른다

시린 겨울이 떠나는 소리에
하늘 문 빼꼼히 열리고
봄 마중하는 한 줌의 하얀 눈
황금빛 햇살과 마주한다

선잠에서 깨어난 두 볼이
햇살 따라 금빛 물들면
희망 가득한 봄날에
얼어붙은 대지를 호호 불어 주겠지?

먼 훗날 그 어느 날이라도
어머님 뵈러 치재절 가는 날
양지바른 언덕길 그 모퉁이에서
봄의 전령사로 마주하길 기다려본다.

창부타령 / 임수현

해가 뜨면 햇빛으로
달이 뜨면 달빛으로
가지가지 엮은 담장에
울타리 콩처럼 동여맨 세월

살아냈던 이야기가
노랫말이 되었는지
노랫말처럼 살아가게 되었는지
너무도 닮아버린 연극 같은 인생이다

겉보리 서 말 짊어진 시름은
팔분음표 되어 오선지에 기대고
다 토해내지 못한 설움은
축축하게 목젖을 넘어간다

오래 묻어두었던 축음기에
먼지 쌓인 엘피판을 얹어
거칠게 튀어나오는 소리처럼
반쯤은 먹어버린 그 소리가 들려온다.

어느새
그때 그날처럼 따라 부르는 그 노래
아니 아니 노진 못하리라.

주홍빛 꽃으로 / 임수현

시간은 냇물처럼 흘러서
삶의 굴곡은 물빛으로 흩어지고
동글동글 조약돌 닮은 모습이다

한 발 한 발 내딛는 발걸음마다
주홍빛 석류꽃처럼 활짝 웃는
육십 번째 봄바람을 맞이한다

해바라기처럼 여문 마음으로
초록, 빨강 바뀌는 신호등 앞에서
십오 초를 헤아릴 줄 아는 삶을 그린다

마음속 깊이 묻힌 가슴앓이
시어로 한 올 한 올 풀어내며
주홍빛 꽃으로 오롯이 피어난다.

비밀, 문을 연다 / 임수현

쉬지 않는 날갯짓으로
바람은 시침질하듯 허공을 가르며
나뭇가지 끝을 흔들어 깨운다

쪽파 뿌리 끌어안은 채 잠든 땅이
끓어오르다 금이 간 틈새에서
알을 깨듯 꼬투리 솟아오르고
작고 앙증맞은 손으로
살그머니 문을 밀고 나오는
이름 지을 수 없는 것에 설렌다

나무와 나무, 돌과 돌 사이
한 알의 씨앗에서 시작됐을
희망을 담은 비밀스러운 것들은
어느새 나의 문턱에 내려와
꽃망울 등에 업고 납작 엎드려 있다

나뭇가지 끝에 매단 나의 날들도
봄바람에 쉼 없이 흔들려
메마른 껍질 벗어 던지고
뽀얗게 물이 오르기를 소망해 본다.

제목 : 비밀, 문을 연다
시낭송 : 박영애

스마트폰으로 QR 코드를 스캔하면
시낭송을 감상할 수 있습니다.

194

해후 / 임수현

차마
동해에 우뚝 선 그 뜨거운 심장을
두 발로 디딜 수가 없었다
다시 돌아서는 발걸음에
넋은 두고 몸만 배에 실렸다.

시선 / 임수현

바람이 불고 비와 눈이 내려도
꽃잎이 흩날리고 나뭇잎이 눈을 가려도
껌벅일 수조차 없는 눈동자로 선 채
벌레 먹어 구멍 난 나뭇잎 사이로
뻘건 눈동자 치켜세우고
먹이를 찾아야 하는 긴긴날을 보낸다.

쫓고 쫓기는 자의 이어달리기로
한 장 한 장 남겨지는 흔적은
바싹 마른 노란 꽃잎 한 조각
작은 눈으로 바라보는 세상엔
달음질로 이는 희뿌연 바람 앞에
살아남아야 하는 벌레들의 행렬이다.

숲으로 가자 / 임수현

둥글게 열린 하늘을 보며
조각난 돌멩이 위에 올라서서
내려오는 두레박이라도 탔어야 했다

일렁임 없이 잔잔한 물결에
살포시 몸 담그고 숨을 몰아쉬며
얼버무린 시간을 되돌아본다

길 잃은 하루살이 한 마리 입에 물고
만족해야 했던 어둠함을
벽을 향해 소리치며 밀어낸다

우물 밖으로 나와 숲으로 가자
순서 없이 검푸르게 피어나는 숲에서
깨어나는 아침 노래 목청 높여 불러보자.

손등 / 임수현

야들야들한 살결
선홍빛 손톱
갓 피어난 양송이버섯 같은 너!

오늘이 훑고 지나간 자리에
갯지렁이처럼 올라온 혈관
습자지처럼 구겨진 모습을 본다

젊음이 포말 되어 부서지는 삶 뒤에
군데군데 까만 버섯꽃은 피었고
과거는 온전히 손등에 앉았다

살아온 시간이 남겨둔 상흔의 꽃
어진 여인의 추억으로 간직하며
어머니 닮은 꽃으로 피어나리라.

여정 / 임수현

어느 골짜기에서 인연이 시작되었는지
굽이굽이 스쳐 지나는 길섶마다
풀꽃이 되어 수 없이 피고 진다

길이 아닌 줄 알면서도
되돌아갈 수 없는 현실 앞에서
초점 잃고 흔들리는 눈동자 멈출 곳 없다

눈가엔 초승달 닮은 서툰 미소
마음엔 상념의 욕망 넘쳐 흐르니
피어난 꽃의 향기는 오월의 밤을 지새운다

길고 긴 삶의 여정
아문 아픔 노을에 비추면
허물 벗은 그림자는 강물 따라 흐른다.

열애 / 임수현

노란색 고운 가루
장독대에 내리는 오월이면
손톱 밑이 닳아 버린 채
송화채집에 바쁘셨던 어머니

하얀 앞치마 허리춤에 접어 매고
통통 여문 송화 송이
고픈 배 채우듯 한가득 따오시면
뜰 가득 송진내가 그득하다

오월 따끈한 햇살에
제 몸 털어낸 송화는 화장되고
집 떨어진 노란 가루
미풍에도 길을 잃고 헤맨다

한 줌의 가루가 다식이 될 때
소나무가 쏟아낸 열정처럼
수백 번 꺾였을 손마디를 타고
알싸하게 목을 넘는 송화다식은
그분의 아낌없는 사랑이어라.

*졸업작품 경연 대회 금상 수상작

시인
장동수

땅따먹기 외 9편

길을 걷다 바람에 너울너울 손짓하는 나뭇잎이
부르는 소리가 들려왔고 눈에 띄지 않던 작은 꽃
작은 벌레가 내게 이러쿵저러쿵 소곤거림이 들렸다

표현할 줄 모르고 눈으로만 보던 자연을 한 줄 두 줄
끄적이며 시작한 어설픈 표현이 시가 되어 신기했고
느끼고 관찰하고 표현하므로 삶의 일부가 되었다

내게 시란 아픔을 보듬어 안아주는 어머니의 따뜻한
넓은 품이고 아버지의 무뚝뚝한 칭찬과 같다

땅따먹기 / 장동수

할아버지 빗자루질 소리에 잠이 깬
아이들 하나둘 모여든 넓은 마당
한가운데 옹기종기 모여 앉은 또래들

네모난 놀이판을 그리고
모서리마다 작은 손 한 뼘씩
나만의 여백을 그린다

한번 두 번 세 번 손가락 채찍에
뛰어나간 사금파리 말은 땅을 넓게 갈아
여백을 만들며 어린 마음 웃음 짓게 하며
집을 찾아 잘도 들어온다

장난감이라고는 딱히 없는 아이들
자기만의 영토를 개척하고 넓혀가며
우쭐한 모습에 여유 만만하고 기세등등하다

어릴 적 마당을 차지하고 놀던 친구들은 어딜 가고
세월 속 여백에는 잡풀들만 무성히 자리 잡고 앉아
영토 싸움 치열하게 땅따먹기 놀이가 한창이다.

뒤따르는 길 / 장동수

할미꽃 허리를 지팡이로 세우고
내 이름 석 자 찾아가시는 길에는
오월의 햇살이 눈부시도록 아름답다

햇살이 쥐어짠 땀방울이
주름을 타고 떨어져 내려도
자식보다 먼저 발걸음을 재촉하신다

지팡이 짚고 걸으시는 모습이
가는 세월을 부여잡은 듯하여
쓰리고 아픈 마음에 울컥 눈물이 난다

지팡이 짚는 소리 따라서 간 길엔
팔순의 노모가 자식의 시화 앞에서
들숨 날숨을 크게 쉬시며 활짝 웃으신다

제목 : 뒤따르는 길
시낭송 : 김락호

스마트폰으로 QR 코드를 스캔하면
시낭송을 감상할 수 있습니다.

203

꽈리(홍 낭자) / 장동수

오렌지빛 고운 주머니에
꽈리가 탱글탱글 익었어요

꽈드득 꽈드득 개구리가
어디에 숨어 우는지
큰소리로 울어요

장독대에서 꽈드득
우물가에서 꽈드득
엄마 개구리가 울어요

아버지 개구리가
엄마 따라다니며 울어요
아버지 엄마가 웃어요 왜 자꾸 웃나요

추억 상자 / 장동수

네모난 상자에 찰칵찰칵 찍어
수많은 추억을 기억 속에 담는다

어릴 적엔 흑백 사진으로 추억을 담고
지금은 컬러 사진으로 추억을 담았다

상자 속에서 아득한 추억을 꺼내면
어린 내가 젊은 내가 활짝 웃고 있다

한 장 한 장 펼쳐지는 기억들이 웃음 짓게 하고
다시 돌아갈 수 없어 슬프지만 지난 세월이 그립다

먼 훗날 누군가 문득 내가 그리워
추억 상자를 열고 나를 기억할까 생각에 잠긴다

꽃시계 / 장동수

눈 감으면 생각나는 수줍은 얼굴
봄 가고 여름이 오면 넓은 들에
갈맷빛 토끼풀 꽃이 만발한 날

꽃이 하얗게 핀들에 앉아 놀며
꽃시계 채워주고 꽃반지 끼워주면
수줍게 웃기만 하던 소녀

너 내 각시 할래? 묻지도 못했는데
수줍은 미소만 남기고 서울로 이사 간
소녀는 지금도 꽃시계 꽃반지 생각할까

토끼풀 꽃보다 하얗게 활짝 웃던 얼굴
맑은 눈빛에 가슴 뛰던 소리 생생한데
세월과 함께 꽃시계 소리도 멀어져 간다

아침 풍경 / 장동수

적막을 깨는 알람 음이 귓불을 흔든다
머리는 헝클어진 북데기를 하고
아무 생각 없이 털썩 주저앉아 있는
거울 속의 모습이 눈살을 찌푸리게 한다

게슴츠레하게 졸고 있는 나를
털썩 주저앉아 있는 나를 깨운다
영혼은 늦는다고 재촉하며
육신은 늘어져 못 간다고 실랑이한다

어둠 속 창밖 세상으로
허둥지둥 뛰어나가던 어제의 내가
오늘의 내게 씩 웃으며
조금만 더 힘내자며 파이팅을 외친다

봄이 오는 길목 / 장동수

메마른 대지는 봄을 잉태하고
산고의 고통으로 천지가 시끄러운데
새벽 별은 잠 못 이루고 깜빡이며 떨고 있다.

골목길 어귀 목련 가지에 봄은 피었는데
누더기 갑옷 추한 동장군 갈 줄 모르고
농부는 겨울 끝자락을 태우며 봄을 반긴다

능수버들 가지에 봄이 맺혀 흐르고
겨울 끝자락이 갈퀴 끝에 벗겨져
태동한 연초록 고운 새싹이 돋아나
아지랑이 춤을 추며 아롱거린다

노랑나비 흰나비도 춤을 추겠지
상춘객 몰려든 가지마다
웃음꽃 피우고 사랑이 넘쳐나겠다

만남 / 장동수

달빛 별빛이 얼어붙은 산중
덮고 누운 겨울 한 자락을
녹여내며 꽃으로 피어나

한 잎 두 잎 태동의 몸짓으로
기지개를 켜면 동토 저편
먼발치서 봄 오는 소리 들려온다

긴 어둠 뚫고 설원 위 우뚝 선
성숙한 여인의 청초한 몸 맑은 미소는
지친 나그네의 눈과 마음을 사로잡아 세운다

살며시 드러내 놓은 노랑 저고리
수줍고 화사함에 후끈 달아오른 봄은
눈 속에 핀 연꽃 설 연화의 사랑이리라

하얀 목련이 필 때면 / 장동수

바람은 아직 찬데
매일같이 밀려오는 그리움이 싹트고
메말라 쓰라린 가슴 전해지던
그 사랑이 그립습니다

까만 밤에도 피곤한 영혼 잠들지 못하고
껍데기만 드렁드렁 코를 골며 육신을 위로하고
새로 올 내일을 준비합니다

서럽게 울던 모진 바람 목련 가지에
하얀 몽우리 피우던 날
대문 앞 이밥 한 그릇 노잣돈 서너 잎 받아놓고
까막 고무신 나란히 놓여 있다

목련 가지마다 선녀들이 하얗게 울고
단장한 꽃상여에도 만발하여
한 발 두 발 저승 가실 때
곱던 잎 후드득 떨어져 가시는 길 막아서고

저승문 닫히고 빗장 걸어 회 방아 다질 때
하늘도 서러워 뚝뚝 떨어지던 봄비는
아파하며 조아린 눈가에 눈물 되어 흐른다

목련도 서러워 꽃잎 떨구고
아픈 기억 속에 비에 젖은 하얀 꽃잎은
힘없는 아버지의 창백한 슬픈 얼굴
해마다 이맘때면 당신을 그립니다

어머니 / 장동수

금가락지를 좋아하시고
꽃을 무척이나 예뻐하시지만
그래도 자식들이 제일이라는 어머니

가는 세월을 거스를 순 없어도
할 수만 있다면 조금이라도 잡고 싶다
잡아 드리고 싶다

꼿꼿하던 등은 세월의 무게 이기지 못하고
지팡이 짚은 할미꽃이 된 당신을 바라보며
이제야 후회하며 아파한들 무슨 소용 있을까

그 정성 다 받아먹고 혼자 자란 양
철없던 시절이 죄스럽고 안쓰러워
이 몸 다 깨지고 부서져 청춘을 돌려 드릴 수만 있다면
백번이고 천 번이고 그리하고 싶다

시인
주선옥

#인생이란 기차를 탔습니다 외 9편

삶 속에서 길을 잃고 어디로 가야 할지
막막할 때에 詩를 썼습니다.
하늘 아래 수없이 많은 길은 이어지건만
정녕 내가 가야 할 길이 어디인지 몰라 헤맬 때
무작정 자연과 사람과 삶을 썼습니다.
詩는 나에게 길이었고 쉼이었고 내일로 가는
희망이고 살아 숨 쉬게 하는 힘이었습니다.
앞으로도 나의 길을 밝혀 줄 등불입니다.

인생이란 기차를 탔습니다 / 주선옥

당신과 함께 시작한 인생 여행
빠르게 달리는 세월의 창밖에는
지난날 삶의 풍경이 스쳐 갑니다

당신이 염원하는 푸른 하늘과
내가 꿈꾸는 향기로운 뜰에서
펼쳐질 시공은 끝이 없는데
점점이 멀어져가는
지친 삶의 부스러기가
철길 위에 침목으로 나뒹굽니다.

한순간도 떼어 놓지 못한
마법 같은 맹세는 믿음과 사랑이며
세상 어디쯤에서 생을 놓을지 모르지만
두 손 잡고 함께 가야 할 길은
당신과 나의 아름다운 선물입니다.

이별 / 주선옥

눈부시게 꽃비 내리던 날
손아귀에 챙챙 감아쥐었던 목숨줄을
한순간에 놓아버리고
한 마리 나비 되어 하늘로 날아갔습니다.

사랑하고 미워했던 손 모두 놓고
아름답고 슬펐던 시간을 두고
아무도 함께 가지 못할 곳으로
급히 떠나는 배를 타고 가버렸습니다.

오늘은 비가 내립니다.
당신께서 바삐 오가시던 길목에
하얀 민들레 꽃이 유난히도 흔들리고
신발장 위 목장갑 한 켤레가 눈물 나게 합니다.

떨어져 누운 꽃잎 위를 걸으소서
푸르름에 자지러지는 숲으로 가소서
아픔도 잊고 일도 놓으시고
애끓는 인연마저 끊기는 피안으로 가소서.

오늘도 나는 개구리처럼 / 주선옥

그 녀석은 언제나 내 눈앞에서
호기심 어린 눈빛과 몸짓으로
힘차게 뛰어오르곤 한다.

녹록지 않은 세파에 피멍이 들며
나도 한숨을 멈추었다가
더 멀리 뛰어오르기 위해 웅크린다.

올챙이 시절을 잊은 적 없으나
눈물이 고여 연못을 이루는
이 작은 못에서 이제는 벗어나고 싶다.

그 녀석이 무지개 연못을 꿈꾸듯이
나도 나의 하늘을 향해
내 마음속의 뒷다리에 힘껏 힘을 준다.

마음을 찍습니다 (카메라) / 주선옥

당신의 맑은 눈을 빌려
오색 영롱한 세상을 봅니다.

신비한 자연의 발자국을 보고
슬프고 아픈 이들의 계절도 보며
일상의 삶을 사랑스럽게
한 폭의 그림에 곱게 담습니다.

당신의 눈에는 눈동자가 없지만
미묘한 표정과 많은 감정을 담고
나팔꽃에 맺힌 이슬보다 촉촉하게
만물의 마음을 열고 들어가게 합니다.

화폭의 그림이 덧셈의 예술이라면
당신은 뺄셈의 미학을 가슴에 품어
당신의 영혼처럼 맑은 눈으로
희로애락의 마음을 찍습니다.

엄마와 벽시계 / 주선옥

시곗바늘은 일곱 시를 가리키는데
뻐꾸기는 뻐꾹 뻐꾹 뻐꾹
세 번 지저귀다가 제집으로 들어가 버렸다.

엄마는 잠에서 깨어 방을 나오시다가
"아직 세 시구나"라고 중얼거리며
다시 방으로 들어가셨다..

팔십 년 고단했던 삶의 어깨 위로
무겁게 내뱉는 뻐꾸기의 한숨 소리에
구부정한 허리가 더 굽어 보인다.

고향을 떠나올 때
이십 년 넘게 함께 했다며
분신처럼 내 집으로 가져온 엄마의 친구다.

지금은 기억이 점점 가물가물하여
한 말을 또 하고 또 하는 엄마처럼
깜박거리는 벽시계의 뻐꾸기가 안타깝다.

삶의 길 위에서 / 주선옥

부모의 정기를 받고 태어나
아무것도 모르는 체 삶의 길에 서서
거침없이 세상에 당당히 맞서다가도
한없이 모래성처럼 무너져 내리기도 한다.

때로는 길가에 핀 작은 꽃들을 보며
우주의 기막힌 조화로움에 놀라고
때로는 비바람과 자욱한 안개 속에
막막한 심정으로 걸음을 멈추기도 한다.

굽이굽이 나이 고개를 넘을 때마다
푸른 하늘만큼 큰 꿈이 있어
매일 아침 나를 깨우는 힘이 되고
잦은 먹구름 속에서도 활짝 웃는다.

아름다운 꽃길이 아니더라도
험난한 고행의 가시밭길일지라도
꿈을 향해 무소의 뿔처럼 당당히 걸어
누군가의 삶에 이정표가 되고 싶다.

봄날에는 바다로 가자 / 주선옥

바다가 살아서 펄떡거린다
깊이 잠들었던 부두도 깨어났다
오래 묵혀두었다가 풀어내는 그물에서
가난한 어부의 상처 같은 비늘이 툭툭 떨어진다

눈 부신 햇살에 느긋한 바다
그 푸른 유혹에 사람들이 바다로 간다
수다처럼 낱낱이 튀어 허공에 뿌려지는
하얀 포말이 아름답다

누군가는 심장이 후둑 거리는 예쁜 추억을
또 누군가는 눈물부터 흐르는 아픈 추억을
작은 조각배 같은 사람들이
드넓은 백사장에서 추억을 줍고 있다

봄날에는 저 반짝거리는 바다로 가자
겨우내 굳게 다물었던 목청을 높여
곤히 잠들었던 파도를 깨우고
너는 나에게로 나는 너에게로
서로의 큰 고래가 되어 춤을 추자

복수초(福壽草) / 주선옥

가슴 속에 쓸쓸한 바람 소리
서글픈 사랑을 품었더라

엄동설한 모진 추위 속 깊은
동굴에 갇혀 얼마나 헤맸던가

푸른 꿈으로 피운 황금빛
다시 살아나 누리고픈 영화

노랑나비 되어 훨훨 하늘로 오를
영원한 꿈을 다시 꾸며
소리 없이 그대의 가슴에 잠든다

아버지의 손목시계 / 주선옥

군데군데 낡아서 금빛도 흐려졌고
여기저기 검버섯 같은 상처도 선명 한데다가
수년 전부터 바쁘던 바늘이 걸음조차 멈추었다.

오랫동안 주인을 잃고 좁은 문갑에 갇혀
날개를 잃은 새처럼 숨죽여 울다가
그 존재의 의미마저 이제는 모두 잃어버렸다

한때는 사람의 맥박처럼 힘차게 뛰며
누군가의 일상을 책임지고 부지런도 했을 텐데
심장은 멎었고 그 모든 기억은 사라졌다

아버지에 대한 많은 생각이 낡은 금빛 줄에서
마지막 빛을 발하며 반짝거린다
차마 보내지 못했던 나비 한 마리
이제는 놓아 주어야겠다

제목 : 아버지의 손목시계
시낭송 : 김락호
스마트폰으로 QR 코드를 스캔하면
시낭송을 감상할 수 있습니다.

내 마음을 그리다 / 주선옥

삶이 아파 목이 메이는 날에는
오솔길을 따라 걷는다.

작은 호롱불 꽃을 피워
어둑한 내 마음을 밝혀주는 풀잎
꽃을 피우지 못한 큰 잎사귀는
양산이 되어 햇볕을 가려 주고

어디선가 들리는 청량한 물소리
얕게 흐르나 여린 듯 쉬지 않고
깊은 속내 감추고 우렁차게
내 마음속 때를 벗겨가듯 시원하다.

굽이굽이 인생사 계곡을 지나
가슴속 돌덩이 같은 한숨 푹
내려놓고 한가로이 걷는 길
너럭바위 하나에 쉼표를 찍는다.

(사)창작문학예술인협의회 주관
대한창작문예대학 졸업 작품집

2019년 6월 19일 초판 1쇄

2019년 6월 23일 발행

지 은 이 :

가혜자 권경희 김강좌 김순태 김재진 김정호 박남숙

박상철 손해진 안영준 이경애 이동백 이명희 이순예

이은주 이의자 임수현 장동수 주선옥

엮 은 이 : 김락호

편집위원 : 박영애

디자인 편집 : 이은희

기 획 : 시음사

연 락 처 : 1899-1341

홈페이지 주소 : www.poemmusic.net

E-Mail : poemarts@hanmail.net

정가 : 15,000원

ISBN : 979-11-6284-115-0